남
원
성　사
　　람
　　들

지리산에 핀
수련전

남원성 사람들

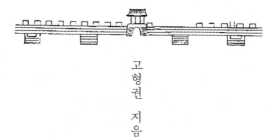

고형권 지음

지리산에 핀 수련전

구름바다

　역사소설《남원성》을 출간하고 어느덧 일 년이 지났다. 1597년 정유년 추석 무렵 오만 육천여 왜군의 침략에 맞서 싸워야했던 만인의 남원성 전투를 담은 소설 출간 이후 나는 여러 번 남원을 오갔다. '만인의총', '북문 터', '만복사지', '교룡산성', '지리산'을 오가면서 '남원성' 한 권에 다 담지 못했던 '남원성 사람들'의 이야기를 구상했다.

　정유재란 때 남원성을 지키다 사라져간 사람들의 삶을 현재로 소환하는 작업이 과연 무슨 의미가 있는 것인지 질문하였다. 나는 그 답을 써내려가고 싶었다. 과거의 삶을 들춰보며 현재를 살아가는 사람들의 진심에 닿고 싶었다. 인간이란 무엇인지, 사랑이란 무엇인지, 국가란 무엇인지, 전쟁이란 무엇인지 남원성 사람들은 그날 그 자리에 남아 왜군에 맞서 항전하며 저마다 가슴속에 마지막 답을 품었으리라. 그 답이 궁금했다.

'남원성 사람들' 시리즈 여섯 권 중 첫 소설은《명나라 장수 이신방전》이었다. 그들이 남원성에 오기까지 명나라에서 어떤 삶을 살았으며 남원성에서 어떤 죽음을 맞이하였을까? 남원성에 바쳐진 삼천 병사들의 원혼을 기리며 중국 답사를 하는 동안 이신방 장수와 명나라 군사들의 이야기가 저절로 내안에 들어왔다. 내가 이야기를 만드는 것이 아니라 이야기가 내게로 밀려들었다.

이어서 낸 남원성 사람들 두 번째 작품이《지리산에 핀 수련전》이다. 이번에는 의병대장 한물과 그의 아내 수련의 이야기를 책으로 엮었다. 한물은 남원성에서 의병대장으로 역할을 하였고 앞으로 나올 작품 속에서도 중첩되어 그려질 인물이다. 이 책에서는 수련을 주인공으로 그려보고 싶었다. 왜 그녀는 자식을 두고 남원성으로 들어왔나? 죽기를 각오하는 것은 결코 쉽지 않다.

《명나라장수 이신방전》과 달리 이번 소설은 참으로 쓰기가 어려웠다. 이미 구상하고 대강의 줄거리를 만들어 놓은 것이 벌써 일 년 전의 일인데 막상 한물과 수련의 이야기를 쓰려고 하니 막막하기 그지없었다. 무엇보다도 수련의 마지막 결심을 설명하기가 쉽지 않았다. '수련은 어떻게 죽을 자리임을 알고도 남원성으로 돌아오려는 결심을 했을까?' 책을 출간하는 이 순간에도 내가 수련의 결심을 잘 표현했는지 의구심을 가지고 있다.

420여 년 전 수련은 지리산에 핀 꽃이다. 도공의 딸 수련은 지금도 여전히 이 땅에 매번 피어나는 민중의 꽃이다. 수련전은 진흙탕 속에서도 강인하고 당찬 여인들에게 보내는 나의 러브레터다. 동일방직에서, KTX 열차에서, 고속도로 톨 게이트에서 지금도 고통 속에서 아름답게 피어나는 이 땅의 여성노동자들에게 연대와 찬사를 보낸다.

《지리산에 핀 수련전》이 나오기까지 도움주신 분들에게 특별한 감사를 표시하고 싶다. 이 소설도 전작들처럼 나만의 작품이 아니다. 도와주신 여러분과 같이 쓴 공저다. 먼저 남원의 향토사학자 한병옥 선생님, 지리산 문화자원연구소장 김용근 선생님에게 감사드린다. 이 소설에 정신과 의미를 부여해 주신 분들이다. 물심양면으로 역사소설을 아껴주고 도움주신 수많은 남원 분들에게도 감사드린다. 김양오, 류귀자, 문아경. 양경님, 조창숙, 채복희, 최순호, 지리산 산내마을 순이네 흙집 안오순 님께 특별히 고맙다는 인사를 전한다.

2019년 추석 즈음
고형권 쓰다

차례

1장

달빛 꿈 미월

그 소리가 참으로 오묘했다. 들도 보도 못한 소리였다. 그것이 거문고에서 나오는 소리인 줄 번연히 듣고 보고 있으니 거문고 소리인 줄 모르는 바는 아니다. 허나 여립은 지금껏 이런 거문고 운율을 들어본 적이 없었다. 동헌에 모인 사람들의 시선이 일제히 거문고에 쏠렸다. 제법 소리를 들어본 양반은 무릎을 탁 치며 입을 다물지 못했다. 술대가 쩌렁 거문고 줄을 처음 쳐 내려가자 오동나무 머리에서 꼬리까지 소리가 한번 돌더니 밤나무 아래로 울려 나왔다.

처음에는 농부가 들일을 마치고 가벼운 지게를 건들거리며 집으로 돌아오는 발걸음처럼 가락이 나긋나긋하더니 어느 순간 가문 봄날 먼지 풀풀 날리는 마당에 떨어지는 빗방

울처럼 가락이 통통대기 시작했다. 그 소리에서 고소한 흙냄새가 번져왔다. 비를 반기는 민들레 꽃잎마다 노란 웃음이 일렁였다. 상석에 자리 잡은 양반네들 잔치 상 위의 산적처럼 오색 단장한 기생들의 어깨춤이 절로 들썩들썩 우쭐우쭐했다. 그러다가 갑자기 거문고 소리가 폭포수로 변하기 시작했다. 폭우내린 뱀사골 계곡물이 한꺼번에 밀려왔고 구룡계곡 폭포수가 무섭게 내리꽂혔다.

'우후탕탕 우후탕탕 우후탕탕'

거문고 소리가 여립의 가슴으로 물밀듯이 쏟아져 들어왔다. 거문고 타는 기생을 보려고 반쯤 엉거주춤하게 일어났다. 그때 거문고 타던 기생과 여립의 두 눈이 허공에서 마주쳤다. 하얗고 반듯한 이마와 길게 땋은 머리를 묶은 빨간 댕기가 유난히 눈에 띄었다. 노란 저고리와 진분홍 치마를 차려입었는데 수수하고 앳된 얼굴이었다. 기생의 미소가 환한 달빛을 닮아 은은히 빛났다.

한바탕 거문고 소리가 멈추자 왁자한 소리가 들렸다.

"좋구나. 좋다. 허허허, 너 이년 이리 오너라. 내 술 한잔 받아라!"

상석에 앉은 정탁이 술잔을 들고 일어나 거문고 탄 예기를 내려다보며 크게 소리쳤다. 제대로 몸을 가누지 못했고 이미 혀가 꼬부라졌다. 그가 술잔을 떨어뜨리고 사정없이 비틀거렸다. 일제히 사람들의 시선이 상석으로 쏠렸다. 나이든 기생 행수가 허둥지둥 정탁에게 달려갔다.

여립의 미간이 찌푸려졌다. 오늘의 주인공인 남원부사 황윤서의 표정도 굳어졌다. 황윤서의 남원부사 취임을 축하하는 자리이면서 동시에 생일축하 연이기도 했다. 양반들의 표정이 모두 불편해졌다. 그러나 그의 무례함을 보면서 누구도 대놓고 함부로 말하지 못했다. 여립 옆에 앉은 이방이 혀를 끌끌 찼다. 여립이 눈빛으로 누구냐? 고 물었다.

"창평대군이랍시오."

이방이 상석의 눈치를 보며 말꼬리를 배배 꼬고 대답했다. 여립은 부친을 통해 몇 번 그 자의 소식을 들은 적이 있었다. '사람이 진중하다가도 술만 먹으면 개가 된단 말이야.' 부친 정희증은 정탁의 재주를 부러워하기도 하였고 한편으로는 경원시하기도 했다. 한때 그의 둘째 누이가 귀인이 되는 바람에 경원대군과 같이 궁궐을 뛰어다니던 자가 정탁이었다. 그는 이십칠 세에 문과에 급제하고 서른에 전라도 암행어사로 발탁되었다. 정탁은 문장이 유려하고 특히 시를 잘 지었다. 그러나 성격이 괴팍하고 술과 여색을 밝히기로 유명했다. 지금은 전라도 암행어사로 남원에 내려왔는데 당연 그 위세가 등등했다. 그러다보니 젊은 나이에 오늘도 상석에 앉은 것이었다. 남원에서 방구깨나 뀐다는 향반들이 다들 혀만

끌끌 차고 눈치만 볼뿐이었다.

"네 이년! 기생 주제에 말이 많다."

행수기생 동림의 말에 버럭 화를 낸 정탁이 술상을 뒤집어 엎었다. 술동이가 동헌 마루에 뒹굴었다. 정탁이 동림의 뺨을 부채로 후려쳤다. 동림의 얼굴이 벌게지고 이내 입가에 피가 흘렀다.

"예기藝妓입니다. 아직 술시중을 배우지 못했습니다. 어사 또 나리"

동림이 흐르는 피를 가만히 두고 허리를 꼿꼿이 세워 대꾸했다. 이제 겨우 삼십을 넘긴 행수는 의외로 당돌했다.

"뭐라. 기생이면 기생이지 예기藝妓는 또 무엇이냐? 네 이년, 당장 달려와서 술을 따라라!"

정탁이 다시 술잔을 동림의 얼굴에 날렸다. 술잔이 동림의 얼굴을 스치고 빗나가서 마당에 떨어졌다. 예기藝妓가 마지 못해 걸어와서 정탁 앞에 섰다. 다소곳이 인사했다.

"미월이라 하옵니다."

정탁의 얼굴에 미소가 번졌다. 정탁이 미월의 손을 잡아끌어 옆자리에 앉혔다. 미월이 정탁의 손아귀에서 벗어나려고 버둥거렸다.

"네 이년!"

정탁이 이번에는 미월의 뺨을 후려쳤다. 미월의 얼굴이 금세 벌겋게 변했다. 미월이 입술을 깨물었다.

"아무리 기생이 천한 몸뚱이여도 이건 법도가 아니요."

미월이 야무지게 대답했다. 순간 정탁의 얼굴에 야릇한 미소가 번져갔다.

"법도라. 법도라 했느냐?"

"하하하, 법도를 논하자 이 말이냐? 좋다."

정탁이 정색하고 의관을 다듬고 자리에 앉았다. 언제 술에 취했냐 싶게 정탁의 낯빛이 차가워졌다. 눈꼬리가 매서워지고 부들거렸다. 미월이 동림 옆에 가서 섰다. 정탁이 동림을 내려다보고 정색하며 말했다.

"그래 행수에게 묻겠다. 예기 미월의 나이 몇인고?"

동림의 낯빛이 굳어졌다.

"이제 열다섯입니다."

정탁이 만족스러운 듯이 박수를 쳤다.

"좋아! 좋아! 기생 나이 열다섯이라 좋은 나이로고. 그렇지 않소이까? 남원부사 나리!"

정탁이 정색하며 남원부사를 청하자 마지못해 남원부사 황윤서가 나섰다.

"어사또, 이 아이가 마음에 드시오?"

동림의 얼굴이 굳어졌다. 정탁이 황윤서에게 공손히 청했다.

"황 부사, 나는 오늘 여독이 심하여 편히 쉬고 싶소이다. 남원에 미월이라는 명기가 있다 하던데?"

정탁이 은근히 말하자 황윤서가 동림에게 명했다.

"행수는 미월을 단장하여 어사또 나리 수청 들게 하게."

부사가 동림에게 차마 하대하지 못하고 은근하게 말했다. 동림의 표정이 더욱 굳어졌다. 정탁이 느글거리며 말했다.

"관기가 수청 드는 것은 당연한 법도다. 그렇지 않은가? 행수"

그때 미월이 툭 나서며 말했다.

"싫소."

순간 정탁의 얼굴이 심하게 일그러졌다.

"뭐라. 네 이년, 네가 감히 싫다고 했느냐?"

정탁이 부들거렸다. 남원부사의 표정이 굳어졌다. 지켜보던 양반들의 표정도 굳어 졌다. '어허 저런 발칙한 년이 있나?' 하는 표정이 역력했다.

"그렇소. 싫소."

미월이 다시 옹골지게 대답했다.

"네 이년!"

정탁이 크게 흥분하여 부채를 미월에게 집어 던졌다. 부채가 미월의 이마에 정통으로 맞아 깨졌다. 아악! 비명을 지르면서 미월이 넘어졌다. 미월의 이마에서 피가 흘러내렸다.

동림이 급히 미월의 댕기를 풀어 미월의 이마를 묶었다. 미월이 일어나서 다시 고개를 치켜들고 말했다.

"죽어도 싫소."

정탁이 뛰어나가 미월을 넘어뜨리고 발로 밟기 시작했다.

"네 이년, 내가 누구인 줄 알고 감히 대드느냐? 네, 이년!"

정탁이 술병을 들어 미월을 내리치려는 찰나 누군가 정탁의 손을 뒤에서 잡아챘다. 여립이었다. 여립이 정탁의 손에 든 술병을 빼앗아 버리고 정탁의 허리를 안아서 동헌 마루로 옮겼다. 정탁의 발이 허공에서 버둥거렸다. 여립의 키가 정탁보다 한자 이상 커보였다. 여립이 정탁을 상석에 털썩 내려놓았다. 정탁의 얼굴빛이 흙색으로 변했다. 놀라기는 황윤서도 마찬가지였다. 황윤서의 얼굴도 흙빛으로 바뀌었다. 여립이 가볍게 고개 숙여 절하고 정탁에게 말했다.

"오늘은 좋은 날입니다. 그만하시지요. 어사또 나리."

정탁이 부들거리며 여립을 쏘아보았다. 금방이라도 칼을 뽑을 기세였다.

"네놈은 누구냐?"

정탁이 낮은 목소리로 으르렁거렸다. 황윤서가 급히 나섰다.

"이 아이는 내 막역지우이자 집안끼리는 사돈지간인 익산 군수 정희증의 자제 여립이오. 여립아, 인사드려라."

황윤서가 여립을 잡아 당겼다. 여립이 다시 정탁에게 반절로 인사했다. 정탁은 여전히 부들거리며 여립을 노려보았다. 정탁의 사병들이 정탁의 주변으로 몰려왔다. 다들 칼을 차고 있었다.

"어사또의 위명은 익히 들었습니다. 아랫것들이 법도를 모르고 한 짓이니 이 좋은 날 용서하시지요."

여립이 웃는 낮으로 빙글거렸다. 한 동안 정탁이 여립을 노려보았다. 어색한 침묵이 계속되었다. 아무도 기침소리조차 내지 못했다. 맴맴 매미소리가 들리는 듯 했다. '푸하핫!'

갑자기 정탁이 호탕하게 웃기 시작했다.

"여립이라? 정여립. 그래, 내 기억해 두겠네."

일순간 정탁의 얼굴빛이 표독스럽게 바뀌었다.

"대감, 내가 오늘은 여독이 심하여 이만 퇴청하리다."

정탁이 자리에서 일어나 나가자 그 뒤를 여러 명의 사병이 따랐다. 갑자기 일어난 일이라 모두가 어리둥절했다. 눈치를 보고 있던 동림이 남원부사에게 뭐라고 소곤거리자 부사가 어서가라 손짓했다. 미월은 동림을 따라 종종걸음으로 나갔다. 미월이 나가면서 여립을 바라보았다.

남원부사가 부산하게 분위기를 수습했다. 아전들이 다시 기생들을 자리에 불렀다. 남원부사 취임연이 계속되었다. 악공들이 삼현육각, 가야금, 거문고 풍류 소리로 연회 흥을 돋

우었다. 기생들이 입춤, 검무를 춘 뒤에 거문고 남창이 이어지고 해금과 피리 연주에 따라 여창이 이어졌다. 여립도 남원부사 눈치를 보다가 조용히 자리에서 물러 나왔다.

사월 초파일이 다가오고 있었다. 지난밤에는 하늘이 천둥번개를 치며 거센 비를 쏟아내더니 아침 하늘은 구름 한 점 없이 청아했다. 여립은 아침 식사 후에 채비를 갖춰 교룡산 용천사로 향했다. 산성 오르는 돌계단 비탈길 양쪽으로 길게 연등이 달려 있었다. 연등달린 길 옆으로는 계곡물이 세차게 흐르고 있었다. 그 소리는 여립의 귓속을 파고들더니 어느 순간 거문고 가락으로 들려왔다. 예기 미월의 얼굴이 자꾸 그려졌다. 교룡산에는 용천이라 불리는 샘이 있었다고 주지 스님이 여립에게 말해준 기억이 났다. 용이 내려와 물을 마신 샘이 있는 산이어서인지 계곡물 흐르는 기세가 용틀임처럼 사나웠다.

여립은 대웅전에 들어가 향을 피우고 아미타불 전에 삼배를 올렸다. 여립이 이상한 낌새를 느꼈다. 객관을 나와 교룡산에 오르기까지 누군가 뒤를 밟고 있었다. 급히 명부전 뒤로 몸을 숨겼다. 잠시 후 인기척이 다가왔다. 여립이 다리를 걸어 넘어뜨렸다. '어이쿠' 하고 한 놈이 넘어졌다. 여립이 그 놈의 목을 발로 눌렀다. 남원 상단 윤 객주 밑에서 일하는 객꾼이었다. 윤 객주의 부친과 여립의 부친 정희증이 친분이 있어서 여립도 남원에 오면 으레 윤 객주의 상단에서 묵었다. 그러고 보니 얼핏 객관에서 안면이 있는 것 같았다. 발을 풀자 객꾼이 품에서 서찰을 내 놓았다. 행수 동림이 여립 뵙기를 정중하게 청하는 서찰이었다. 입술연지를 꾹 눌러 접은 서찰에서 은은한 분내가 흘러나왔다. 객꾼이 길을 잡아 앞서고 여립이 뒤를 총총히 따라갔다.

동림의 기생방은 남원성 남문 밖 광한루 옆에 있었다. 객꾼이 동림을 부르자 동림이 버선발로 뛰어나왔다. 여립을 뒷방으로 모셨다. 거기에 미월이 있었다. 그녀가 환하게 웃으며 여립을 맞이했다.

"미월이라 합니다. 본래 이름은 연이라 합니다."

미월이 손을 머리에 얹고 여립에게 절했다. 여립은 기생되기 전의 이름을 굳이 이야기하는 이유를 묻지 않았다. 그런 미월을 찬찬히 보니 머리를 올렸다. 여립이 미월의 이마를 보며 말했다.

"이마의 상처는 아물었는가?"

미월이 올린 머리를 살짝 들어보였다. 이마에 굵은 상처가 뚜렷했다. 미월이 그날 생각이 난 듯 이마를 찡그렸다. 여립이 미월을 들여다보니 참으로 어여쁜 얼굴이었다. 동림이 주안상을 보아주고 나갔다. 잠시 침묵이 흘렀다. 미월이 여립

에게 술을 한잔 권했다. 여립이 한잔 받아 단숨에 마셨다. 이
번에는 여립이 미월에게 술을 한잔 권했다. 미월이 술을 받
아 달게 마셨다. 여립이 미월에게 거문고를 청했다. 미월이
여립과 처음 만난 그날처럼 거문고를 탔다.

"기생청에 일곱 살에 들어와서 거문고를 처음 배웠습니다."

미월이 살아온 이야기를 여립에게 풀어 놓았다. 미월은 경
기도 양주 송 참판의 무남독녀 별당아씨였다. 역모로 몰려
졸지에 부친은 사약을 받았고 어미와 송연은 관기가 되어
서로의 생사를 알지 못했다. 송연 혼자 남원으로 흘러들어와
나이 일곱 살에 동림에게 거문고를 배우기 시작했다. 그때부
터 미월이 된 것이었다. 동림이 여러 차례 미월이 놓아버린
목숨 줄을 이어주었다. 미월의 이야기가 길어졌다. 여립이
그런 미월의 이야기를 찬찬히 들어주었다. 미월의 얼굴에 미
소가 번졌다.

"거문고를 처음 배울 때 힘들어서 기생청을 도망가려 했
습니다. 시장을 헤매고 다니다가 지쳐 주막에 숨어있었는데
그때 주막 건너편 대장간에서 일하는 소년이 보였습니다. 제
나이 또래의 소년이 할아버지를 따라 풀무질을 하고 벌건
쇠를 두드리고 쇳물을 붓는 것이 보였습니다. 그 모습이 너
무나 좋아보였습니다. 그 순간 갑자기 살아야겠다는 생각을
했습니다. 그 이후에 틈만 나면 주막에 나와 대장간 소년이

청년으로 바뀌어 가는 모습을 홀린 듯이 지켜보았습니다. 그러던 어느 날 갑자기 청년의 모습이 사라졌습니다. 차마 대장간에 찾아가 청년의 행방을 묻지도 못했습니다."

미월은 여러 날 앓아누웠다고 말했다.

"생각나는 대로 마음 가는 대로 거문고를 타고 출강出鋼이라 이름 붙였습니다. 대장간의 쇳물이 흘러나오는 모습이 그렇게 보기 좋았습니다."

미월이 쓴 웃음을 지었다.

"출강出鋼이라. 참으로 멋진 소리일세."

여립이 미월을 빤히 쳐다보았다. 미월의 눈 속에 여립이 비쳤다. 미월이 여립의 눈빛을 거부하지 않았다.

"자네의 인생도 참으로 기구하네."

미월의 눈에 눈물이 비쳤다.

"자네라 하셨습니까?"

여립이 쑥스러운 표정을 지으며 미월의 손을 잡았다. 미월이 여립의 품에 살포시 안겨왔다. 미월이 품안에서 고개를 들어 여립에게 물었다.

"어이하여 머리를 올렸냐고 묻지 않으십니까?"

여립이 되물었다.

"그래 대장간 청년을 만났던가?"

미월이 대답했다.

"네, 며칠 전 동헌에서 다시 만났는데 오늘 머리를 올려준다고 하여 기다리고 있었습니다."

여립이 되물었다.

"그 청년이 어디 사는 누구라 하던가?"

미월이 대답했다.

"전주 사는 정여립이라 하더이다."

미월은 그 날 머리를 올렸다. 여립과 미월은 사흘을 같이 지냈다.

초파일 밤에는 용천사 마당에 연등불을 밝히고 탑돌이를 하였다. 두 인연이 언젠가 기필코 하나로 맺어질 수 있도록 두 손 모아 축원하였다.

여립은 벼슬을 하러 홀연히 한양으로 떠나고 미월은 홀로 남원에 남겨졌다. 여립은 꼭 다시 내려오겠다는 약조를 하며 떠나갔다. 그러나 여립은 쉬이 돌아오지 못했다. 한 해가 지나가고 또 몇 해가 지나갔지만 여립은 돌아오지 않았다. 인편을 통해 기별이라도 있었으면 좋으련만 소식이 없었다. 미월은 북어처럼 바싹 말라갔다. 동림은 그런 미월에게 기생팔자는 원래 그런 것이니 여립을 마음에서 거두라고 말했다. 새로 부임한 남원부사의 역정이 더해졌다. 더 이상 수청을 미룰 이유가 없어졌다. 동림도 더 이상 미월의 방패막이를 해주지 못했다.

신임 전라도 관찰사 수청을 들고 온 미월은 새벽까지 숨죽여 구슬프게 울었다. 관찰사가 떠나고 다른 관찰사가 왔다. 미월은 수청을 거부했다. 남원부사가 그런 미월을 잡아들여 곤장을 쳤다. 미월은 기방 대들보에 목을 맸고 다행히 동림에게 발견되어 살아났다. 미월이 유산을 했다. 전임 관찰사의 씨였다. 나와 버린 핏덩이를 보며 미월이 통곡했다. 미월은 삶을 놓아버렸다. 장독이 오른 미월을 최 의원이 와서 고쳐놓았다. 겨우 살려놓았더니 이번에는 비상을 먹고 죽으려했다. 최 의원이 와서 이번에도 겨우 살려놓았다.

동림은 남원부사에게 청을 넣어 미월을 선원사 약방의 의녀로 보냈다. 최 의원도 남원부사에게 청을 넣었다. 미월은 그렇게 선원사에서 살게 되었다. 미월은 비구니가 되고자 했으나. 신분이 관기여서 그것도 여의치 못했다. 미월은 선원사 운학 스님에게 사미계를 받고 머리를 깎고 승복을 입고 살았다. 그때부터 미월은 수월이라 불렸다.

수월은 선원사 모과나무 아래에 앉아 떨어진 모과를 주워 쓰다듬었다. 방안으로 들고 와 하염없이 향을 맡고 있노라면 오래된 그날의 기억들이 떠올랐다. 여립을 만났던 기억은 이제 달빛 꿈처럼 아득하였다. 그가 다시 오겠다고 하였다. 수월은 언젠가 반드시 여립을 만날 날이 오리라는 믿음 한 가닥을 부여잡고 겨우 살았다.

수월은 매무새를 단정히 차리고 거울을 들여다보았다. 거울 속에 비친 얼굴이 어제와 달라 보였다. 거울 속에서 자꾸만 여립의 얼굴이 떠올랐다. '자네'라는 말을 입속에서 되뇌어 보았다. 수월을 그렇게 불러준 남자는 여립이 처음이었다. 입에 들어가 사르르 녹는 눈송이 같기도 하고, 몸에 착 감기는 명주 이불 같기도 한 말이었다. 자네, 자네, 자네라는 말은 눈가와 입가에 웃음을 머물게도 하였다. 그러나 웃음은 순간이었다. 거울에 비친 수월의 얼굴에는 이내 잿빛 그림자가 드리워졌다.

'세상이 덧없소. 이 나라 임금과 양반을 믿지 않소. 결국 서방님은 나를 버리고 한양으로 떠난 것이 아니요? 결국 서방님은 양반이 아니오? 세력을 가진 양반들끼리 서로 임금을 위한다는 명분을 내세워 권력 다툼을 할 것이고, 파당으로 몰려다니며 서로 모함하여 그 일족들을 멸문지하 시킬 것이 아니오? 내 집안이 멸문당하고 이렇게 비천한 관기 신세가 되고 보니 천하에 귀하고 천한 것이 따로 없더이다. 양이 음이 되고, 음이 양이 되는 것이 세상 이치더이다. 오늘 황금처럼 귀한 신분을 지녔으나 내일이면 길가에 구르는 돌멩이처럼 비천한 신분으로 내쳐질 수 있는 게 인간 세상이오. 부귀영화가 다 무엇이겠소. 사랑이 무엇이요? 뜬구름처

럼 모든 것이 허망하더이다.'

수월의 가슴속에 사무치던 생각이 떠올랐다. 운학 스님은 생각을 비우라 하였지만 수월은 오히려 생각을 채우고 있었다. 여립에게 하고 싶었던 이야기를 머릿속에 가슴속에 새기고 또 새겼다. 이제는 그 여립이 어설프게 보이기 시작했다. 여립이 한양으로 떠난 지도 벌써 여섯 해가 지났다. 무명천으로 꽁꽁 묶고 또 묶었지만 가슴은 부풀어 오르기만 하고 날로 한숨은 깊어만 갔다. 머리를 깎고 장삼을 입었건만 성숙한 여인의 체취는 담을 넘는 모양이었다. 발정 난 암고양이를 찾아오는 수고양이들처럼 약방에 찾아오는 사내들의 눈빛이 야릇해지는 것을 보는 때가 많아졌다. 가끔씩 동림이 찾아와 수월의 얼굴을 보고 가기는 했다.

2장 /
지리산에 핀 수련

수월은 식은땀을 흘리며 잠에서 깨어났다. 밖은 아직 어둠이 가시지 않은 미명이었다. 꿈속에서 흩어진 가족들을 만나는 날은 수월의 마음이 더욱 심란하여 하루 종일 아무것도 손에 잡히지 않았다. 머리가 아프고 심장이 두근거리며 몸속 기운이 빠져나간 허깨비처럼 몽롱하게 지내는 것이었다.

"수월 스님!"

동자승이 수월을 조용히 불렀다. 동자승이 선원사 일주문 밖을 가리키면서 장삼자락을 잡고 앞장섰다. 수월은 알 수 없는 긴장된 마음으로 어지럽고 가슴이 아려왔다. 걸음걸이가 흔들거렸다. 일주문 뒤에 갓을 쓰고 도포를 입고 술띠를 맨 사내가 서 있었다. 한눈에 알아보았다. 여립이었다. 여섯

해 전보다 키가 한 뼘은 더 커지고 어깨는 떡 벌어진 것이 하마터면 몰라볼 뻔했다. 수월은 다리가 풀려 털썩 땅에 주저앉았다. 여립이 수월을 부축하여 일으켰다. 여립의 잡은 손이 떨렸다. 수월이 합장하고 절했다. 여립도 수월을 마주보고 합장했다.

수월이 주변의 눈길을 피하여 여립을 요사체로 끌었다. 여립이 갓을 벗고 수월의 얼굴을 빤히 쳐다보았다. 그 눈에 눈물이 가득했다. 눈물이 뺨을 따라 흘러내려 방바닥에 떨어졌다.

"미안하네, 미월이."

여립이 고개를 방바닥에 대고 소리죽여 울었다. 그 어깨가 들썩거렸다. 그 눈물에 수월의 모든 설움과 원망이 한 번에 사라졌다. 신기한 일이었다. 그렇게 원망하고 미워했건만 미움은 사라지고 설움이 복받쳐왔다. 수월도 숨죽여 울었다. 그렇게 둘은 손을 맞잡고 한참을 울었다.

여립은 한양간 지 다섯 해만에 문과에 급제했고 올해가 되어서야 겨우 전주 고향에 인사간다는 핑계를 대고 남원에 내려왔노라 변명을 했다. 수월은 그 변명이 고마웠다. 수월이 '혼인은 했는가?' 물었고 여립이 '어쩔 수 없어 혼인은 했다.'고 마지못해 대답했다. 수월은 절망했다. '역시 안 될 인연이구나.' 생각했다. 여립은 고개를 들지 못했고 수월도 고개를 들지 못했다.

여립이 '그간 어찌 지냈는지?' 안부를 묻자 수월이 주섬주섬 자신에게 벌어진 일들을 말했다. 수청 든 대목에서는 입술을 깨물었다. 여립이 다시 통곡했다.

"내가 죽일 놈이네. 미안하네."

수월이 안쓰러운 표정으로 말했다.

"천하디 천한 년이고 더럽혀진 몸이요. 마음에 두지 마시요."

수월이 이렇게 말해놓고 갑자기 설움이 북받쳐 울컥 울음이 터졌다. 꺼이꺼이 통곡하며 울었다. 어디에 그런 눈물이 숨어있었는지 미월의 통곡이 길었다.

여립이 문득 일어나 밖으로 나갔다. 운학 스님을 만나 한참을 이야기하더니 급히 대방객관으로 갔다. 한참 만에 대방객관 윤 객주와 여립이 선원사에 왔다. 윤 객주와 운학이 합장하고 나서 다시 한참을 이야기했다.

운학이 수월에게 와서 딱 잘라서 말했다.

"가거라. 여기는 네가 있을 곳이 아니다."

수월이 묵묵히 듣고만 있자 여립이 수월의 손을 잡아끌었다.

"가세."

수월은 잠깐의 주저함도 망설임도 없이 여립을 따라 나섰다. 그렇게 여립과 미월은 윤 객주가 만복사 뒤에 마련해준 살림집으로 거처를 옮겨 한 달을 살았다.

한 달 뒤에 여립이 다시 한양으로 떠났다. 여립이 은비녀를 하나 놓고 갔다. 수월은 머리를 길러 여립이 남긴 비녀를 꽂았다. 비구니 수월에서 다시 미월이 되었다. 윤 객주가 미월의 뒤를 봐주었다. 미월은 여전히 선원사 약방에 나가 의녀 일을 했다. 그러다 몇 개월 후에 배가 불러왔다. 어느 날 미월은 아무도 모르게 혼자 지리산으로 도망을 갔다. 남원부에서 미월을 찾았지만 남원부의 누구도 미월의 행적을 알지 못했다.

윤 객주만이 미월의 행방을 알고 있었다. 미월은 지리산 움집에서 몰래 딸을 낳았고 이름을 수련이라 지었다. 대를 이어 딸까지 관기로 만들 수는 없었다. 미월은 수련을 운봉의 심 도가에 맡겼다. 그때 마침 도공 심재호의 아내가 아들을 하나 낳았다. 그렇게 해서 수련은 정씨가 아니고 심씨로 들어가 만수와 오누이가 되었다.

미월은 수련을 심 도가에 맡기고 나서 총총히 길을 나서 동림을 찾아갔다. 퇴기가 되기에는 아직 미월의 나이 어렸고 미모가 출중했다. 동림이 남원부사에게 힘을 써서 관아에서도 모른 척 했다. 남원 관기 미월이 거문고가 일품이고 춤 잘 추고 노래 잘 한다는 소문이 남도에 파다했다.

미월이 서른 되던 해에 정탁이 전라도 관찰사로 남원에 왔다. 기생 점고가 끝나고 정탁이 미월을 불렀다. 정탁이 한눈에 그때의 미월을 알아보았다. 미월이 정탁의 옆에 앉았다. 미월이 나서서 정탁의 잔에 술을 넘치게 따랐다. 정탁은 더없이 조심스럽게 미월을 대했다. 정탁이 어떻게 알고 미월에게 출강出鋼을 청했고 미월이 거문고를 탔다.

그날 미월은 정탁의 수청을 거절할 수 없었다. 정탁은 남원에 눌러앉아 석 달을 보냈다. 정탁은 매일 미월의 기방에서 살았다. 정탁이 미월을 첩으로 삼아 기적에서 빼 갈 것이라는 소문이 돌았다. 그러나 미월은 전주로 가는 정탁을 따라가지 않고 남원에 남았다. 누구는 정탁이 미월을 버렸다고도 하고 누구는 오히려 미월이 정탁의 청을 거절했다고도 했다. 사람들은 미월의 팔자가 기구하다고 수군거렸다.

*

봄 햇살에 무르익은 꽃들이 만개하였다. 살랑대는 바람이 꽃향기를 실어와 흩뿌리니 술 없이도 취기가 느껴지는 봄이었다. 멀리 낮은 산봉우리 능선들마다 연분홍 매화랑 벚꽃이 만개하더니 샛노란 개나리, 흰 목련, 진분홍 진달래, 붉은 철쭉들이 연초록 나뭇잎들과 어우러져 앞 다투어 지리산을 울굿불굿 물들이고 있었다. 수련은 봄꽃 향기에 취하여 자신이 꽃이 된 것처럼 그 자리에서 움직일 줄 몰랐다. 그런 수련에게서 지리산 구룡사 절집 연못에 피어오른 은은한 연꽃 향이 번져 옴을 만수는 어쩔 수 없이 느끼고 있었다. 수련은 봄꽃이 다 진 뒤에 초록이 무성한 연못가에 초록을 물리치고 당당하게 피어난 연꽃처럼 아름다웠다.

"언능 와야. 쫌!"

고개 마루에서 만수가 소리를 꽥 질렀다. 만수는 수련의 쌍둥이 오라비였다. 아비가 이야기하기를 만수가 한식경 빠른 오라비라 했다. 수련도 그래서 그런가보다 하고 알고 있었다. 사실은 수련이 누이 같이 행동했다. 수련은 낳아준 어미의 얼굴이 기억나지 않는다. 수련이 겨우 걸음걸이를 시작할 때 역병이 크게 한번 돌았고 어미는 속절없이 죽었다. 젖을 뗐으니 그나마 다행이었다. 수련은 아비 재호를 어미인 듯 생각하고 지금까지 살았다.

재호는 만수와 수련을 지극정성으로 키웠다. 그래봐야 옹기장이의 자식이니 그 살림살이는 뻔했다. 그러다보니 수련은 일찍 철이 들어야했다. 수련은 혼자서 달거리를 배워야 했다. 수련이 달거리를 시작하자 재호가 방을 하나 더 만들어 방을 따로 쓰게 했다. 이즈음 재호가 점순을 어디서 업어왔다. 점순이는 수련을 엄마처럼 따랐다. 그때부터 수련은 억척스럽게 혼자서 살림을 도맡아했다. 만수와 점순을 건사하고 애비 재호를 심봉사 모시듯이 보살폈다.

어느 날인가 재호가 구룡폭포 밑에 있는 구룡사에 다녀와서는 다음날부터 자식들을 절 방 학승 성철에게 글공부를 보냈다. 옹기장이 상놈의 자식에게 글공부라니 도무지 어울리지 않는 것이었다. 그러나 재호는 막무가내였다. 절에 옹기를 대주기로하고 대신에 자식들을 공부시키려고 한 것이었다. 다행히 수련과 점순은 머리가 영리하고 비상해서 제법 공부에 열심이었다. 만수는 영 공부에는 취미가 없었다. 만수는 동생들 건사하는 재미로 고개 너머 오가다 꿩이나 토끼 덫이나 한번 쳐다보는 재미로 글공부에 다녔다. 학승 성철은 아이들에게 한글을 가르쳤다.

이제 수련이 열다섯 살이고 점순은 열한 살이 되었다. 절에 글공부하러 다닌 지도 벌써 삼 년이 된 것이다. 이제 수련과 점순은 한글로 쓰인 소설이나 가사를 읽을 정도가 되었다. 제법 글씨를 예쁘게 썼다. 어린 점순은 오히려 양반들이나 배운다는 한문에 관심이 많아서 성철을 괴롭혔다. 성철은 그런 점순이 귀여워서 귀찮다하지 않고 아이들에게 천자문과 동몽선습을 가르쳤다. 수련은 한문보다는 한글로 시를 짓는다고 앵두 같은 입술로 종알거리고 다녔다. 어떤 때는 버선에 시를 쓰기도 했다.

"아따, 오라비는 가만있어 봐. 정성을 드리고 가야제."

점순이 돌탑에 조막만한 돌을 정성스럽게 올려놓고 두 손모아 치성을 드렸다. 점순은 고개를 넘을 때마다 돌탑에 돌을 하나 올리고 치성 드리는 것을 빼먹지 않았다. 점순이 워낙 극성이어서 수련도 마지못해 돌을 찾아 하나 올리고 손을 모아 기도했다. 돌탑이 어느덧 수련의 키 만큼 올라왔다. 점순은 오 년 전에 재호가 데려온 수양딸이었다. 말이 좋아수양딸이지 화전민 최씨가 버린 딸을 재호가 거둔 것이었다. 처음 재호 집에 왔을 때는 뼈가 보일 정도로 비쩍 마르고 온몸에 두창이 심해 죽을 형편이었다. 고름이 줄줄 흘러서 금방이라도 죽을 몰골이었다.

그때 어디선가 무당이 나타나서 굿을 하루반나절이나 했다. 잠시도 쉬지 않고 먹지도 않고 굿을 했다. 그러자 신기하게 점순의 열이 가라앉았다. 점순이 새근거리며 깊은 잠에 빠져들었다. 무당은 그런 점순을 한참이나 내려다보고 있다가 갔다. 재호가 나중에 점순의 친모라고 말해주었다. 점순은 그런 엄마의 신기를 이어받았다. 두창을 앓고 나서 점순은 심한 곰보가 되었다. 점순은 차차 자라면서 살이 오르고 토실해지기 시작했다. 얼굴이 곰보인 것을 빼고는 곱상한 얼굴이 되었다. 그러나 점순은 식탐이 심했다. 도무지 배고픈 것을 참지 못했다. '배고파'를 입에 달고 살았다. 점순은 일찍 성숙해져서 열 살이 되자 벌써 아비한테 시집보내달라는 소리를 했다. 일찍 달거리를 시작했고 엉덩이며 젖가슴이 수련보다 볼록했다. 양반집에 노비도 좋고, 운이 좋아 첩실이 돼도 좋으니 배곯지 않고 살게 해달라고 돌을 올릴 때마다 빌었다.

"수련 성은 뭐라고 빌었는가?"

점순이 수련을 빤히 올려다보며 물었다.

"너는 뭐라고 빌었냐?"

수련이 되물었다. 점순이 빙그레 웃었다.

"좋은 서방 만나게 해달라고 빌었네. 성은?"

수련이 점순의 머리를 쥐어박았다.

"이런 쥐방울만한 년이 벌써부터 서방타령이냐?"

점순이 입을 삐죽거렸다. 사실 수련은 돌탑에 돌을 올리면서 아무런 소원도 빌지 않았다. 성철스님은 미륵세상이 올 것이니 부지런히 기도하라고 했지만 인생은 빌어서 이루어지는 것이 아니라고 수련은 생각했다.

재호는 언제부터인가 가마에 옹기를 넣을 때 조그마한 찻잔을 한 쌍 씩 만들어서 넣기 시작했다. 그러다가 이런 저런 유약을 바르고 다시 가마에 넣은 뒤 불을 땠다. 달궈진 흙 가마 입구를 뜯고 들어가서 옹기는 뒷전이고 찻잔을 먼저 들여다보더니 고개를 잘래잘래 흔들며 깨트려버렸다. 점순이 그런 애비에게 호통을 쳤다.

"아부지, 그 좋은 그릇을 뭣 한다고 깨부요? 그럴 거면 나를 주시오."

사람 좋은 재호는 그런 딸년의 지청구를 마냥 듣기만 했다. 재호는 찻잔 바닥에 한자로 연蓮이라고 새겼다. 찻잔은 때로 푸른빛을 띠기도 했고 어떤 때는 영롱한 하얀색을 띠기도 했다.

수련은 아비를 따라 옹기를 만들 때가 가장 좋았다. 어떤 때는 갑자기 이유도 없이 마음이 울적해지고 심란할 때가 생기곤 했다. 그럴 때마다 수련은 물레를 돌렸다. 수련은 마음이 어지러울 때는 지리산에 나가 가마에 땔 나무를 하러 다니거나, 장작을 팬다거나, 옹기 만들 진흙을 발로 반죽하는 일을 한다든지, 우물에서 물을 져다 나르기도 하고, 무거운 항아리를 가마에서 꺼내는 일을 하는 등 궂은일을 도맡아 하면서 생각의 무게를 덜어내려 애썼다.

수련은 손재주가 좋았다. 수건 한 장을 만들어도 염색한 실로 진달래 꽃잎 몇 장 수놓는 감각을 지녔다. 그녀는 어느 순간 옹기에 잿물로 그림을 그려 넣고 있었다. 그녀가 그린 매화, 난초, 국화, 대나무, 벌, 나비는 가마에서 나온 순간 더욱 생생한 형상으로 되살아났다. 재호는 옹기에 괜한 짓을 했다며 수련에게 잔소리를 했다. 만수는 그런 수련을 오히려 부추겼다.

만수는 타고난 옹기장이 자식이었다. 만수는 벌써 재호가 하는 일을 전부 꿰뚫고 있어서 운봉에서도 제법 소문난 옹기장이가 돼있었다. 특히 만수는 막사발 만들기를 좋아했다. 지리산 자락에 만수가 만든 막사발을 쓰지 않는 절집이 없을 정도로 만수의 막사발은 인기가 좋았다.

*

젖도 떼지 않은 수련을 심 도가에 맡기고 돌아온 미월은 심한 몸살을 앓았다. 십 수 년이 흐르는 동안 내내 죄책감에 시달렸다. 한 번만이라도 다시 수련을 안고 젖을 물리고 싶었다. 그러나 미월은 결코 심도가로 찾아가서 수련을 보지 않았다. 미월의 기구한 팔자를 수련에게 대물림할 수는 없었다. 윤 객주가 몰래 수련의 뒤를 봐주기 시작했다. 그때부터 심재호의 옹기를 남원상단이 사주기 시작했다. 물론 여립의 부탁이기도 했다.

그러다가 수련이 아비를 따라 걸을만한 나이가 되자 일 년에 한 번 수련이 아비 재호를 따라서 초파일에 만복사로 등을 달러 왔다. 그 날은 미월이 수련과 만나는 날이었다. 첫

만남 때부터 미월은 만복사 요사체에 몰래 앉아서 수련이 탑돌이 하는 것을 지켜보았다. 피는 못 속인다 했다. 수련을 보자마자 미월은 한 눈에 알아보았다. 수련은 탑돌이를 하면서 연신 빌었고 미월은 그런 수련을 지켜보면서 연신 빌었다. 미월은 이제 남원에 있지 않고 전주에서 살았다. 작년에 낙향한 여립이 남원부에 노비를 대신 보내고 미월을 기적에서 빼내어 전주 한쪽에 집을 마련하여 첩실로 데려갔다. 미월은 이틀 전에 전주를 출발하여 어제 남원에 도착하여 객관에서 하루를 묵었다. 밤새 잠을 설치고 아침에 밥을 먹는 둥 마는 둥하고 일찍 만복사에 나와 자리를 잡고 수련을 기다리고 있었다.

미월이 만복사 석장승에 손을 가만히 얹었다. 석장승의 찬 기운이 미월의 손에 전해졌다. 미월은 항상 그 서늘함을 즐겼다. 사람들은 남원객관에 드나드는 불랑기인이 만복사를 지키는 석장승이라 했다. 과연 석장승을 가만히 들여다보면 얼굴 생김생김이 영락없는 불랑기인의 용모였다. 큰 코며 부리부리한 눈이며 쌍으로 접혀진 눈이며 무엇보다도 큰 키가 여지없이 불랑기인이었다. 석장승에서 올려다본 지리산의 하늘이 푸르고 푸르렀다.

조바심이 난 미월은 경내를 서성거렸다. 이제 공양 시간이 다가오니 수련이 올 때가 되었다. 사월 초파일 만복사 대웅전 앞뜰에는 연등이 가득 매달렸다. 만복사에 사람들이 가득했다. 그때 일주문을 들어서는 수련의 모습이 미월의 시선에 잡혔다. 수련의 동글동글한 얼굴이 보였다. 이제 수련이 앞장서고 재호가 뒤따라왔다. 몇 년 전부터는 수련과 오라비 만수 그리고 여동생 점순도 만복사에 같이 왔다. 점순은 절 떡을 먹을 생각에 싱글벙글한 표정이었지만 만수는 가까운 구룡사를 두고 왜 이 먼 곳까지 오냐고 성화로 불어터진 얼굴이었다.

재호가 등을 하나 달고 수련과 점순은 탑돌이를 했다. 만복사 오층 석탑을 수련은 합장하고 여러 번 돌았다. 점순은 수련의 뒤를 따라서 열심히 치성을 드렸다. 미월이 처음으로 몇 걸음 떨어져서 수련의 뒤를 따라 탑돌이를 했다. 수련의 키가 이제 미월이 만큼 자랐다. 아마도 아비를 닮아서 미월보다 더 키가 클 것이었다. 그렇게 미월과 수련이 서로 천천히 엇갈렸지만 수련은 미월을 알아차리지 못했다. 다만 먼발치에서 재호가 그런 미월을 쳐다볼 뿐이었다.

*

지리산 깊은 자락에도 세상소식은 들려왔다. 운봉장에 나가 재호가 장돌뱅이들에게 귀동냥을 해 와서 들려주기도 하고 구룡사 성철이 수련에게 들려주기도 했다. 고흥 앞 바다 녹도에 왜구가 쳐들어와서 사람이 많이 상하고 죽었다는 소식이 들려온 그해 보름이었다. 재호가 제대로 된 찻잔이 나왔다고 흥분하며 좋아한지 몇 달 안 지나 도가로 손님이 찾아왔었다. 양반 댁 부부 한 쌍이었다. 양반은 훤칠한 키에 눈썹이 진했으며 눈빛이 예리했다. 기골이 장대했다. 목소리는 저음으로 부드러웠고 다리가 유난히 길쭉하였다. 무인 같아 보이기도 했다. 부인은 단아한 외모에 마른 체구였으며 흰 살결에 손가락이 길었다. 반듯한 이마에 흉터가 은은하게 남아있었다.

　수련은 태어나서 지금까지 그렇게 고운 여인을 본적이 없었다. 부인에게서 언젠가 만복사에서 탑돌이 할 때 맡았던 분 냄새가 나는 것 같았다. 그 날 수련의 기분이 미묘했다. 손님들이 앉아 있는 방에 아버지 심재호가 두 사람을 옹기 보러 오신 손님들이라고 소개시켜준 뒤 수련 혼자만 들여놓고 식구들은 한참을 들어오지 않았다. 수련은 자신을 그윽한 눈길로 바라보며 자신의 새까맣고 거칠고 두꺼운 손을 잡고 놓아주지 않는 두 사람의 행동이 부담스러웠다. 수련은 자신의 손과 부인의 하얀 손이 비교되어서 자꾸만 치마 밑으로 손을 집어넣었다.

그날 재호가 두 사람 앞에 조그마한 찻잔 한 쌍을 내 놓았다. 양반과 부인이 찻잔을 들여다보면서 흐뭇하게 웃었다. 양반이 호주머니에서 찻잎을 내놓았다. 수련이 급히 찻물을 덥혀왔다. 부인은 재호가 내놓은 찻주전자에 찻물을 넣어 우린 뒤 찻잔에 차를 따라 마셨다. 수련은 부인의 이름에도 연蓮자가 들어가는 모양이라고 짐작만 했다.

3장

장사(壯士)의 씨 한물

한원영은 전라도 진도에서 태어났다. 친정에서 몸을 풀 계획이었던 모친은 출산이 다가오자 조부의 성화에 못 이겨 시댁에 와서 원영을 낳았다. 백일이 되자 모친은 홀로 친정 전주로 가 버렸다. 원영은 백일이 지나자 젖을 떼고 밥을 먹고 돌이 안 돼 걷기 시작했다. 원영은 어린 시절을 할아버지 밑에서 컸다. 그것은 조부가 원하는 것이기도 했다. 조부는 아들에게서 못 이룬 꿈을 손자에게서 이루고 싶어 했다.

한원영의 조부는 무과에 급제하여 고향 진도 벽파진에서 첨사 벼슬을 했다. 그러나 거기까지였다. 무슨 연유에서인지 한 첨사는 더 이상 벼슬에 나서지 않고 벽파진 첨사를 끝으로 진도에 칩거했다. 그러다보니 명색이 양반이기는 했지만 고기잡고 농사짓기는 상민과 같았다. 한씨 집안은 고려 이후 대대로 무반 집안이라고 했다. 들리는 말로는 원래 한씨 집안은 몽고군에 쫓겨 내려온 고려시대 무인이었고 그때부터 진도에 터를 잡았다고 했다. 한원영의 조모 또한 쇄락한 양반 집안의 막내딸로 뭍에서 팔려오듯이 섬으로 시집와서 억척스럽게 물질과 밭일을 했다. 조부와 조모가 골격이 크고 키가 컸다.

한원영의 부친은 그런 피를 타고나서 기골이 장대했으나 귀가 가벼운 사내였다. 상인 집안에서 어찌어찌하여 시집온 모친에게 꼼짝을 못했다. 조부는 그런 자식이 못마땅했다. 결국 부친은 조부와 크게 다투고 난 뒤 모친의 말에 혹해 섬을 떠나 처가가 있는 전주로 가서 처가살이를 했다. 모친 박씨의 친정은 전주의 상인 집안이었다. 모친은 계산이 빠르고 머리가 비상했다. 그러다보니 은근히 퇴락한 무반 집안인 시댁을 무시했다. 부친은 무과 초시에 등과하기는 했지만 벼슬하지 않고 처가에 빌붙어 무위도식했다.

한원영은 오히려 조부와 조모의 피를 이어받았다. 태어나면서부터 또래보다 두 배는 크게 태어나서 주변을 놀라게 했다. 어려서부터 천하장사 소리를 들었다. 할아비를 따라 말을 타기 시작했고 섬을 누비고 다니면서 멧돼지 사냥을 했다. 조부는 그런 손자에게 활쏘기를 가르치고 검술을 가르쳤다. 진도에서 항우장사가 났다고 소문이 퍼졌다. 조부는 굳이 원영에게 경서를 가르치지 않았다. 소학과 천자문을 겨우 가르쳤을 뿐이다. 원영도 글공부는 체질에 맞지 않았다. 성년식을 치르고 나서야 원영은 조부에게 인사하고 전주로 올라갔다. 무과 초시를 가볍게 통과한 원영은 무과 별시에 장원으로 등과하였다.

원영은 장원급제하여 조부에게 인사하러 진도로 갔다. 그날 벽파진에 모처럼 성대한 동네잔치가 열렸다. 벽파진 첨사도 찾아와서 원영에게 치하했다. 조부는 그런 원영을 흐뭇하게 바라보았다. 조부가 원영에게 자신이 쓰던 각궁을 물려주었다. 각궁에는 맹산서해盟山誓海라고 음각되어 있었다.

한원영은 첫 부임지로 압록강변의 만포진에 배치되었다. 직책은 봉사였다. 만포진과 마주한 압록강 건너는 건주여진의 마을 지린이 자리 잡고 있었다. 지린은 여진이 조선과 교역하는 최대의 마을이었다. 지린의 여진인들은 조선이 발행한 통행증을 소지하고 무시로 만포에 드나들었다. 만포에서 쌀을 사가고 산삼이나 가죽 또는 말을 조선의 상인에게 팔았다. 공식적으로 일 년에 한 번씩 조선 조정에서 여진족과 공물을 주고받기도 했다. 그러나 그것으로는 여진의 배를 불리기에 턱없이 부족해서 만포진의 첨사가 발행하는 통행증이 여진의 목줄을 쥐고 있었다. 개중에는 아예 만포에 집을 짓고 사는 여진인도 있었다. 조선의 병력도 무시로 지린이나 압록강 너머 반경 이백여 리까지 순찰하기도 했다.

여진은 조선에게 마냥 고분대지만은 않았다. 어떤 때는 압록강을 건너 만포를 공격해 오기도 했다. 중종임금 때 만포 첨사 심사손沈思遜이 여진족에게 살해당하기도 했다. 심사손은 당시 좌의정인 심정沈貞의 아들이었다. 이후 만포에 병력이 증강되었고 여진에 대한 경계가 높아졌다.

한원영은 여진인들 사이에서 한 봉사라고 불렸으며 악명이 높았다. 한원영의 활 솜씨는 여진인들 사이에 전설이 되어갔다. 한원영의 편전이 여진인의 갑주 사이를 파고들어 쓰러뜨렸고 말의 눈을 맞혀 쓰러뜨렸다. 한 봉사는 또한 만포 조선 병사들 사이에서도 악명이 높았다. 한 봉사는 부하 병사를 혹독하게 훈련시켰다. 공과 사가 확실했고 원칙주의자였다. 자연 동료나 상관의 눈 밖에 났다. 한 봉사는 여진인에게서 한 번도 뇌물을 받지 않았고 그런 여진인을 잡아 곤장을 쳤다. 여진과 밀무역하는 역관들도 한 봉사에게 걸려 치도곤을 당하곤 했다.

한 봉사는 한 번도 본가에 봉물을 보낸 적이 없었다. 만포 첨사는 한 해에 몇 번씩 봉물을 부하 병사를 시켜 말에 실어 보냈다. 만포첨사는 그런 한원영이 껄끄러웠다. 그러나 한원영의 무용이 워낙 좋다보니 두고 볼 뿐이었다. 한 봉사가 압록강 너머 여진 진영으로 위력 순찰을 나가면 여진인들은 겁을 먹고 슬슬 피하기 시작했다. 여진인들은 이성계이래로 최고의 조선 장수가 나왔다고 무서워했다.

한원영은 잔혹하게 여진인을 죽였다. 조금이라도 여진이 조선을 공격하면 한원영은 반드시 그 열배 백배로 여진에게 복수를 했다. 여진인의 목을 자르고 얼굴 껍질을 벗겨 걸어 놓았다. 심지어는 만포첨사가 한원영에게 살살 다루라고 충고하기도 했다. 만포첨사는 여진인을 한편으로는 어르고 한편으로는 두드리면서 탈이 생기지 않기를 바랐다. 첨사는 빨리 임기를 마치고 한양으로 돌아가기만을 기다렸다.

"으랏차차!"

한원영이 힘을 한번 쓰자 여지없이 상대편 장사가 모래판에 처박혔다.

"에이."

여기저기서 탄식이 터져 나왔다. 이번에도 혹시나 하는 심정이 있었지만 또 승리는 한원영이었다. 기생들이 에헤라디여 소리를 했다. 기생들이 모래판 위에 서 있는 한원영의 벗은 몸매를 위아래로 훑어보더니 은근히 콧소리를 내며 몸을 비비기도 했다. 한원영이 막걸리를 한잔 쭉 들이켰다. 만포진에서는 추석 무렵에 한 번씩 여진족을 불러 놓고 씨름대회를 열었다. 씨름에서 이긴 자에게는 부상으로 소를 한 마리 줬다. 한원영이 만포에 온 후로는 누구도 한원영을 당해내지 못했다. 매번 소는 한원영의 몫이 되었고 소를 잡아 병사들에게 풀어 잔치를 했다. 어떤 때는 자존심 상한 건주여진 족장들이 특별히 여진족들 사이에서 용사를 뽑아 보내기도 했으나 한원영의 상대가 되지 않았다. 한 번에 모래판에 쳐 박혔다.

그날 씨름장사 한원영을 보고 단박에 반한 여진여인이 있었다. 그녀는 지린에 자리 잡은 건주여진 추장 모용타의 딸 모율비였다. 그녀의 나이 불과 열다섯이었다. 모율비는 자신이 여자인 것을 부정하고 살았다. 어려서부터 말 타기에 능했다. 오히려 한 배를 타고난 남자 형제들보다 말을 잘 탔다. 활을 잘 쏘고 단도를 잘 다루었다. 아비 모용타는 그런 딸을 좋아했다. 모율비는 여자가 추장이 될 수 없는 여진의 현실을 받아들일 수 없었다. 모율비는 한 눈에 한원영에게 반하고 말았다. 그녀는 마땅히 한원영이 자신에게 장가들어야 한다고 마음속으로 생각했다. 모율비는 강인한 장사壯士의 씨를 품고 싶었다.

추석 씨름대회가 끝나고 난 뒤 얼큰하게 취한 한원영의 손을 여진상인이 잡아끌었다. 여진상인에 이끌려 간 집에는 대담하게도 한 여진여인이 기다리고 있었다. 다짜고짜 여진여인이 한원영을 덮쳤다. 여진여인이 옷 하나를 벗자 알몸이 되었다. 여인의 벗은 몸이 표범 가죽처럼 번들거렸다. 여인의 손톱이 갈고리처럼 한원영의 등짝을 파고들었다. 한원영도 굳이 마다하지 않았다. 정면으로 받아쳤다. 밤새 대보름 달빛아래 먹구름이 몰려오더니 천둥번개가 여러 번 쳤다. 한원영과 여진여인이 서로를 부르며 뒹구는 소리가 마을에 가득했다.

그 뒤로 여진여인은 압록강 너머의 오두막으로 한원영을 불렀다. 곰 사냥꾼들이 움막으로 쓰인 그곳이 여진여인의 놀이터였다. 한원영은 위력 순찰을 핑계로 혼자서 무시로 오두막에 드나들었다. 병사들 중에는 그 사정을 알고도 모른 척했다. 나중에는 만포첨사도 알게 되었으나 모른 척했다. 심지어 추장 모용타도 그 사실을 알게 되었지만 한 봉사가 사위되는 것을 좋은 일이라 생각했다. 조선 최고의 장수가 사위가 되는 것은 환영할 일이었다.

여진여인 모율비와 조선장수 한원영은 서로를 탐했다. 그러다가 덜컥 여진여인이 임신을 했다. 한원영은 모율비를 운비雲飛라고 불렀다. '날아가는 구름'처럼 걸림이 없는 인생이라는 뜻이었다. 모율비 또한 운비라는 이름을 좋아라했다. 배가 불러오자 한원영이 운비를 만포진 여진상인의 집에 머물게 했다. 운비는 자신이 아이를 낳아 키우고 싶은 생각은 없었다. 운비는 구름같이 훨훨 날고 싶은 그런 여자였다. 그렇다고 자식을 여진족에게 보낼 수는 없었다. 한원영은 생각 끝에 머슴 막활을 파주 유씨 부인에게로 보냈다.

―부인 미안하오.

한원영이 머슴 막활을 통해 보내온 서간에는 이 한마디가 쓰여 있었다. 한원영의 처 유빈은 막활을 조심스럽게 방으로 들였다. 행여나 친정식구들이 볼까 두려웠다.

"다른 말씀은 없었는가?"

유씨가 은근히 물었다. 막활이 쉽게 말문을 열지 못하고 주저주저했다. 유씨가 채근하자 한원영이 유씨에게 전한 말을 막활이 털어놓았다. 말을 들은 유씨가 잠시 생각하더니 급히 서두르기 시작했다. 한숨을 쉬는 것 같기도 했고 표정이 밝아지는 것 같기도 했다. 막활에게 사랑채에 가서 친정 아비에게 '한원영의 문안차 인사 왔다.' 고 하고 편히 쉬라 말했다. 유씨가 허둥지둥 모친에게로 갔다.

*

유씨는 파주 교하의 친정집에 와 있었다. 지병을 치료하기 위해서 와 있었지만 사실은 시가에서 쫓겨난 것이나 다름없었다. 유씨가 친정에 가서 병을 좀 치료하고 오겠다고 했을 때 시어미는 어서 가라는 눈치였고 유씨를 극진히 챙겼던 시아비도 쩝 쩝 입맛만 다실 뿐 적극적으로 막지 못했다. 대 대로 파주에서 장사를 하였던 유씨의 조부가 전주 사는 상 인 박씨 집과 교분이 있었는데 사위인 한원영의 부친을 소 개했다. 유씨의 부친이 한번 전주에 와서 한원영을 보고나서 는 한 눈에 마음에 들어 원영의 부친과 약혼을 하였다. 유씨 는 전주의 무반인 한원영과 결혼하여 칠 년 전에 전주에 가 서 살았다. 그때 유씨의 나이 스물이었고 한원영은 세 살 어 린 열일곱이었다.

한원영의 일가는 대대로 무반 집안으로 기골이 장대하고 목소리가 걸걸했다. 그러나 대대로 손이 귀했다. 한원영이 삼대독자였다. 한원영은 한 번에 한 솥의 밥을 먹었다. 신혼 초 유씨는 한원영의 품에 눌려 으스러지는 줄 알았다. 한원 영은 말 타고 활 쏘고 밥 먹고 집에 와서는 유씨와 방에 틀어 박혀 나오지 않았다. 그 소리가 요란하여 사랑방까지 들릴 정도였다. 안채의 시어미 박씨는 그런 한원영을 오히려 부추 겼다. 한원영이 독자여서 손자가 급했기 때문이다. 한원영의 부친도 은근히 그런 기색이 역력했다.

그러나 기대와 다르게 유씨가 회임하지 못했다. 별의별 처 방을 다 해보고 유씨와 한원영도 아이 생기기를 간절히 원했으나 아이가 점지되지 못했다. 한원영이 나이 스물에 무과에 급제하여 평안도로 발령을 받았다. 결국 이 년 전에 평안도 만포 임지로 떠났고 일 년에 한 번씩 한 달간이나 휴가를 나왔건만 그래도 아이가 생기지 않았다. 시어미의 책망과 극성이 심해졌고 시아비는 그때마다 며느리를 두둔하기에 급급했다. 결국은 후실이야기가 나오고 시어미 입에서 칠거지악 운운하는 소리가 나왔다.

한원영은 전주 집에 올 때마다 유씨를 변호했지만 그 시어미의 책망을 어쩌지는 못했다. 그러다 유씨가 친정집에 가서 요양하면서 몸을 만들겠다는 핑계를 대고 처가로 온 것이었다. 유씨의 친정 아비와 어미는 그런 사돈댁의 처사를 못마땅해 했지만 대놓고 불평하기도 어려웠다. 한원영이 불쑥 평안도에서 말을 달려와 교하에 와서 하루 밤을 자고 가기도 했다. 그때마다 유씨가 심학산에 올라가 불공을 드리기도 했지만 회임은 되지 않았다.

*

하인 막활이 다녀간 뒤로 유씨의 배가 차츰 불러오기 시작했다. 유씨가 가끔씩 부른 배를 뒤뚱거리며 후원을 거니는 것을 머슴들이 보기도 했다. 유씨의 정성이 하늘에 닿아서 회임을 했다는 소문이 조심스럽게 퍼졌다. 소문은 전주 시댁에도 전해졌다. 시어미 박씨가 원영의 부친을 파주에 보냈다. 말 한필에 이런저런 해산물이 가득했다. 그날 사돈 양반들끼리 서로 마주보며 대취했다. 시아비 한씨는 걱정스러운 눈빛으로 며느리의 건강을 묻고 며느리의 손을 잡아보고 전주로 돌아갔다.

장맛비가 줄기차게 내린 다음 날 비가 그치고 나서 유씨 집에 금줄이 쳐졌다. 금줄에는 붉은 고추와 숯이 주렁주렁 끼워져 있었다. 미역장수가 유씨 집에 들어가고 임진강 잉어가 안채로 들어갔다. 아이의 울음소리가 우렁차게 울렸다. 유씨가 해산을 마치고 갓난아이를 내려다보았다. 출산한지 이틀이 지난 아이였다. 그 사이 아이의 얼굴은 붉은 기가 많이 빠져서 사람의 꼴을 보이고 있었다. 얼핏 보아도 한원영의 모습이 역력했다.

유씨는 아이의 얼굴에서 자신과 닮은 부분을 찾으려 노력했다. 한원영이 그런 유씨와 아이를 내려다보고 있었다. 아이는 어젯밤 비가 억수로 퍼붓는 틈에 아무도 모르게 한원영과 같이 유씨 방에 들어왔다. 아이는 포대기에 쌓여 새근새근 자고 있었다. 유씨는 허둥지둥 복대를 풀고 출산을 했다. 그때 한 여인이 한원영을 따라 행랑채에 들어왔다. 한원영이 거듭 유씨 부인에게 미안하다 말했고 유씨는 괜찮다고 오히려 한원영을 위로했다.

며칠 뒤 밤이 늦어져서 달빛도 없는 삼경 무렵 한 여인이 유씨 방에 들어왔다. 상투를 틀어 남장을 했으나 몸매가 드러난 것이 여인이었다. 얼굴이 부석했다. 그러나 얼굴이 날렵하고 눈매가 반짝거렸다. 강단 있는 모습이었다.

"운비라고 부릅니다."

여인이 짧은 조선말로 말한 뒤 살짝 웃어보였다. 한원영은 아이 친모가 여진인이라고 유씨 부인에게 말했었다. 그렇게 보니 약간은 검은 얼굴에 광대뼈가 뾰족했다. 들꽃 같은 싱그러움과 억셈이 얼굴에서 묻어났다. 조련되지 않은 야생마 같은 젊음이 넘쳐났다. 해산한 몸인데도 육감적인 몸매가 보였다. 유씨의 마음 한 구석에서 살짝 질투심이 일렁였다.

"애썼네."

유씨가 담담히 말했다.

"내일 떠납니다. 잘 키워주십시오. 이름은 '물'이라 지어주십시오."

여진여인도 담담히 말했다. 유씨는 그런 여인이 차츰 측은해지기 시작했다. 유씨가 포대에 쌓인 아이를 여인에게 넘겼다. 여인이 아이를 받아 안고 태연하게 젖을 물렸다. 퉁퉁 불은 여인의 젖가슴이 출렁거렸다. 아이가 꿀렁꿀렁 젖을 잘

먹었다. 유씨는 운비와 아이를 지켜보며 늑대 어미가 늑대 새끼에게 젖을 물리는 것 같은 착각이 들었다. 아이에게 흠뻑 젖을 먹인 여인이 말없이 일어나 나갔다.

한원영이 전한 바에 따르면 여인의 해산이 가까워지자 한원영이 여인을 말에 태워 만포에서 개성까지 보름 만에 왔고 개성의 친구 집에서 며칠 전에 여인이 해산을 했고 바로 다음날 한원영이 아이를 데리고 남의 눈을 피해 유씨 댁에 온 것이었다. 유씨는 진심으로 자신 만큼이나 기구한 여인의 행복을 빌었다.

다음날 아침 한원영이 장인에게 인사하고 아들을 한번 들여다보고 유씨의 손을 한번 잡고 만포로 돌아갔다. 유씨는 한원영이 동구 밖을 돌아나갈 때까지 지켜보았다. 남장한 여인이 말을 타고 한원영을 따라가는 것이 보였다.

기별을 받고 득달같이 전주에서 시아비가 말을 달려 유씨 댁에 왔다. 모처럼 유씨의 아비는 사돈에게 큰 소리를 쳤고 유씨의 어미는 사돈에게 섭섭한 표정을 내비쳤다. 시아비 한씨는 그런 사돈에게 머리 숙여 치사를 보냈다. 시아비 한씨는 며느리에게도 치사를 했다. 한씨가 한원영을 쏙 빼어 닮은 손주를 코를 박고 치어다보았다. 며칠간 유씨 집에 웃음 소리가 끊이지 않았다. 한씨는 손주를 바로 전주로 데리고 가고 싶었으나 며느리의 몸이 약하고 또 그동안 지은 죄가 있었는지 아이가 돌이 될 때쯤 한원영과 같이 전주로 오라고 유씨에게 이야기하고 아쉬운 걸음으로 전주로 돌아갔다.

그 뒤 전주에서 번질나게 염장한 낙지며 민어며 해산물이 올라왔다. 한번은 화공을 보내 손주의 초상을 그려 가기도 했다. 전주에서 아이의 이름을 지어 보냈지만 유씨는 한사코 아들의 이름을 '물'이라 부르기로 했다고 명토 놓았다. 시아비도 유씨의 고집을 꺾지 못했다. 하여 족보에 물水를 써서 '한수'라고 올렸다. 한씨는 유씨의 고집에 대해 손주가 물과 같이 넉넉하고 끊임이 없이 이어져서 명운이 길기를 바라는 마음이라 해석했다. 유씨는 아이를 '물'이라 불렀으나 시댁에서는 '수'로 불렀다.

한물이 부쩍 자라 한 돌이 가까워졌다. 한원영이 말 한 마리에 유씨 부인을 태우고 막활에게 말고삐를 잡히고 자신은 한물을 가슴에 안고 말을 몰아 유람하듯이 느릿느릿 열흘 만에 전주 본가에 도착했다. 유씨는 한물을 앞세우고 전주 시댁에 금의환향했다. 시어미는 한동안 유씨의 눈치를 살폈다. 그러나 그것도 잠시였다. 뒤뚱거리며 걷기 시작하는 한물의 재롱에 빠져 유씨는 뒷전이 되었다. 한씨는 한물의 돌잔치를 거창하게 벌였다. 마당에 차양을 세 개나 쳤고 전주

관내의 향반들을 거의 초대했다. 전주부윤과 판관이 상석에서 한물의 돌잡이 하는 것을 지켜보았다. 사당패가 삼 일간 한씨 집에 머물면서 흥을 돋았다. 한물의 돌잔치를 먼발치에서 바라보던 남장여인이 있었지만 아무도 눈치 채지 못했다.

유씨는 금방 며느리의 위세를 되찾았다. 시어미는 곳간 열쇠를 며느리에게 넘겼다. 시아비는 손주를 무동 태우고 다녔다. 한물이 할아비의 수염을 잡아당겨도 허허거리기만 했다. 한물은 아비를 닮아서인지 집안 내력인지 또래보다 빨리 걷고 빨리 뛰기 시작했다. 한물도 아비 원영처럼 백일이 지나자 젖 대신 밥을 먹었으며 돌전에 걷기 시작했다. 유씨는 한물에게 한사코 경서를 가르치려 했으나 어떤 내력인지 한물은 경서는 뒷전이고 놀기 좋아하고 활쏘기를 좋아했다. 한물은 날쌔기가 바람 같았다.

한물이 여덟 살 되던 해 이성계 태조의 어진을 모신 어용전에서 제사가 있어 조부가 한물을 데리고 갔다. 한참동안 제례가 진행 중이었는데 한물이 보이지 않자 조부가 두리번거리는데 그때 제를 주관하는 전주부윤이 호통을 쳤다.

"저놈을 쫓아내라."

한물이 어용전 어진 옆에 모셔져 있던 태조 이성계의 활을 만지고 있었다. 조부가 깜짝 놀라 황급히 달려가서 한물을 불렀다. 그러자 조부를 발견하고 한물이 싱긋 웃더니 활

을 단숨에 잡아당겨 버렸다. 활이 거북등처럼 확 구부러졌
다. 모든 사람들이 그것을 보고 경악을 금치 못했다. 무과에
급제한 어른조차도 구부리기 어려워하는 활이었다. 활을 쏘
는 자 조선을 구한다고 했다. 한물이 한껏 구부린 활에 빈 화
살을 메겨 하늘로 쏘아 올렸다.

"피융."

그날 이후 한원영의 아들 한수가 '신궁'이라는 소문이 전
주에 파다하게 돌았다.

4장

날아가는 구름 운비雲飛

"나를 덮치려고 하잖아. 그래서 누루하치한테 내 단도 맛을 보여줬지."

운비가 단도를 한손으로 빙빙 돌리면서 한원영에게 싱글거리며 말했다. 한원영이 운비를 잡아당겼다. 기다렸다는 듯 운비가 한원영에게 덤벼들었다. 남녀가 서로를 부르는 소리가 밤새 계속되었다. 운비는 한 달에 이레 정도는 한원영에게 나타났다. 오고가고는 운비가 결정했다. 어떤 때는 움막으로 부르기도 했고 어떤 때는 대담하게 만포 군진에 나타나기도 했다. 나중에는 만포에 살림집을 차리기도 했다. 이제는 운비의 나이도 스물다섯이 넘어갔지만 혼인할 생각은 애당초 없었다.

한원영도 그런 운비를 잡아두려고 하지 않았다. 한원영은 운비를 따라 지린을 암행하기도 했다. 명국 상인으로 변장하여 지린을 돌아다니기도 했다. 한번은 지린에 들어가 운비의 아비인 모용타와 마주치기도 했다. 모용타는 한눈에 한원영을 알아보고 막사로 한원영을 청했다. 그렇게 셋은 밤새 백주를 마시고 취했다. 모용타는 '용~ 용~' 길고도 높은 소리로 노래를 불렀고 한물은 덩실덩실 춤을 추었다. 운비도 덩달아 칼춤을 추었다. 마지막까지 남은 자는 운비였다.

*

한물이 여덟 살 되던 해에 한원영은 만포 만호로 승진하였다. 한원영의 부대는 더욱 강해졌다. 부하들은 한원영의 호된 훈련을 겪어냈고 한원영의 군대가 되었다. 한원영은 부하들과 똑같이 살았다. 보급품과 전리품을 부하와 똑같이 나눴다. 부하들은 그런 한원영에게 신뢰를 보냈다. 함경도에는 니탕개의 난을 평정한 신립이 있었고 평안도에는 한원영이 있었다. 한원영은 위로는 자성부터 밑으로는 강계까지 압록강 상류를 실질적으로 책임지고 있었다. 만포 첨사는 자리만 보전하고 있었고 수시로 강계로 내려가서 오지 않았다.

한원영은 백두산 호랑이가 되어가고 있었다. 한원영은 갈수록 세력을 규합하고 있는 건주여진의 추장 누루하치에게 신경을 쓰고 있었다. 누루하치는 요동총독 이성량의 도움을 받아 빠르게 건주여진을 통합하고 있었다. 지린의 모용타도 젊은 누루하치에게 충성을 맹세한 사이였다. 모용타는 요동에서도 물자를 구했지만 그래도 조선에 더 의존하고 있었다. 모용타는 누루하치와 한원영 사이에서 아슬아슬한 줄타기를 했다.

한원영은 조선인 역관을 통해 명나라 말을 배웠고 운비에게서 여진말을 배웠다. 운비는 이미 조선말과 명국 말에 능통했다. 한원영은 셈은 느렸으나 말문은 빨리 트였다. 지린의 여진인들과는 통역 없이 대화가 가능했다. 가끔씩 명국 요동총관이 보낸 전령이 지린을 거쳐 만포까지 오기도 했다. 그러나 요동에 관한 소식은 주로 운비를 통해 듣고 있었다. 여진은 요동소식에 누구보다도 빠르고 정확했다. 운비는 아비 모용타와 같이 여진 족장회의에 참여했다. 그런 운비를 누구도 제지하지 않았다. 누루하치가 운비에게 눈독을 들이다가 칼을 맞았다는 소문도 있었다. 운비는 넌지시 그런 소문을 한원영에게 건넸다.

*

"아, 깜박했네."

운비가 온통 땀에 젖은 머리를 쓸면서 갑자기 생각난 듯 말했다. 아비가 누루하치의 부름을 받고 여진 족장 회의를 다녀왔는데 이번에는 어쩐 일인지 운비에게 입을 함구하고 모른 척했다는 것이었다. 지금까지 족장회의에 다녀오면 으레 운비에게 자세히 설명해 주었는데 혼자 족장회의에 갈 때부터 이상했다. 운비가 아비의 그런 낌새를 알아채고 회의를 끝내고 나오는 부관을 하나 잡아 족쳤다. 부관은 운비가 단도를 목에 들이대자 절대로 자기가 발설했다고 하지 말아 달라고 신신당부한 뒤에 내막을 이야기했다.

"누루하치 이놈의 계략이군."

원영이 한마디로 잘라 말했다. 운비도 고개를 끄덕였다.

해서여진이 본거지에서 물경 천리나 떨어진 건주여진 산성을 공격하여 점령하고 있어서 누루하치가 직접 출동하기로 했다. 이번에는 요동군 이신방 부대와 조선군 한원영 부대가 건주여진을 지원하여 해서여진을 공격하기로 했다. 그런데 모용타에게 만포에서 한원영이 출동하면 그 병력하고 시간을 즉각 누루하치에게 보고하라고 했다. 모용타는 부관들에게 한 눈 팔지 말고 만포진을 감시하라고 지시했다는 내용이었다.

운비는 부관들에게서 한원영의 이름이 나오자 즉각 한원영에게 달려온 것이었다. 뭔가 낌새가 이상하게 돌아간다고 직감했다. 한원영은 생각했다.

'이신방과 한원영이라.'

이것은 누루하치의 간계가 분명했다. 요동에서 이성량이 누루하치의 뒤를 봐주고 있었지만 철령에 파견 나와 있는 이신방은 누루하치에게 목에 걸린 가시 같은 존재였다. 운비도 여러 번 명군장수 이신방에 대하여 이야기했고 심지어는 운비가 철령에 가서 이신방을 직접 만나고 오기도 했다. 오십 줄에 가까운 노장이었지만 병사들의 신임이 두터웠다. 이성량이 어쩌지 못하는 척계광의 후계자가 이신방이었다. 누루하치가 또한 목에 걸린 가시처럼 생각하는 인물이 한 명 더 있었는데 그 자가 조선의 한원영이었다. 누루하치가 지린을 완벽하게 통합하려면 한원영을 가만 두어서는 안 되는 처지였다. 모용타가 한원영의 눈을 피해 몰래 만포첨사에게 보내는 공물이 여러 번이었다. 한원영은 애써 모른 척 해주었다. 만포첨사는 뭐가 어떻게 돌아가는지 짐작도 못하고 있을 터였다.

생각이 여기에 미치자 만포에서 삼백 리 떨어지고 요동의 철령에서 오 백리 떨어진 건주여진 깊숙한 산성에 해서여진이 공격해 왔다는 것도 이상한 일이었다. 여진끼리 싸움에 명군과 심지어 조선군까지 지원을 나가는 전례가 없기 때문에 더더욱 납득하기 어려웠다. 그때 첨사가 찾는다는 전령이 문을 두드렸다. 한원영이 쓴 웃음을 지었다.

'열이레까지 산성을 위력순찰하고 돌아오라.'는 첨절제사의 군령이었다. 첨사는 명에서 요동총독의 전령이 강계에 왔고 '조공을 바치고 충성을 맹세한 건주여진을 공격한 해서여진을 출격하여 응징하고 야만의 땅에 황제의 위엄을 보이고 도리를 세우라.'는 명 황제의 칙령을 보이면서 조선도 병력을 파병하여 해서여진을 치라는 것이었다. 첨절제사는 마지못해 첨사에게 '병력을 산성에 보내 위력순찰하고 돌아오라.' 는 명령을 내린 것이었다.

첨사는 한원영에게 어떻게 하겠느냐고 되물었다. 한원영은 생각을 정리하기 시작했다. '오백의 기병으로 다녀오겠다.'고 말한 뒤 물러나왔다. 첨사는 아무 생각이 없었다. 돌아와서 한원영은 운비를 지린으로 돌려보냈다. 다음날 운비가 돌아왔다. 결정적인 정보를 가지고 왔다. '명군 이신방은 보름에 산성에 도착하고 한원영은 열이레에 도착하게 되어 있다.' 고 부관을 다그치자 실토했다는 것이다. 한원영은 운비를 다시 지린에 보냈다.

한원영은 열사흘에 만포에서 출병했다. 오백의 중기갑병이었다. 열이레까지 삼백 리 길을 가려면 하루에 백 리씩 행군해야 했다. 통상의 위력순찰보다는 빠른 속도로 달려야 했다. 그러나 중갑으로 무장한 중기병은 하루에 백 리 가기가 한계였다. 빠르면 하루 전에 빠듯하게 열이레에 산성에 도착할 것이었다. 병사들에게 승자총통 두 자루씩을 미리 장전해서 챙기고 숨겨서 보이지 않게 하라고 명령했다. 병사들은 무슨 이유인지는 모르지만 한원영의 명령대로 했다.

오백의 기병은 압록강을 건너 지린으로 들어섰다. 땅이 울리는 듯 했다. 지린의 여진 백성이 그런 조선군대를 두려운 눈으로 바라보았다. 조선 기병이 지린을 서서히 지나쳐 요동으로 방향을 잡았다. 모용타의 전령이 황급히 누루하치에게 말을 달렸다. '조선의 중기갑병이 열이레면 산성에 도착할 것이며 병력은 오백이다.' 고 보고할 것이었다. 한원영이 지린을 지나쳐 산을 하나 넘자 후방 전령이 달려와 더 이상 여진의 척후가 보이지 않는다고 전했다.

한원영은 말에 씌운 갑주를 벗겨내고 승자총통과 활을 제외한 모든 군 장비를 한곳에 모으라고 지시했다. 이십 기의 기병을 차출해서 장비를 모두 싣고 백 리 떨어진 백산으로 가서 '진지를 구축하고 열이레까지 대기하라.'고 지시했다. 다른 기병은 전 속력으로 요동의 산성을 향해 달리기 시작했다. 제주도에서 올라온 조선말은 무게를 덜어내자 하루에 이백 리를 지치지 않고 달렸다.

이틀을 달려 산성을 이십 리 앞둔 고개에서 한원영은 정찰병 두 명을 산성으로 보냈다. 정찰병이 돌아와 보고했다. '산성은 여진족이 둘러싸고 포위하고 있는데 그 병력이 무려 삼천 정도 되고 명군은 산성에 고립되어 있는데 병력이 얼마 되는지는 알 수 없다. 산위에서 보니 성문을 열고 나와 공격을 할 것 같이 보였고 여진도 공격에 대비하고 있다.'

한원영은 다시 정찰병을 산성으로 보냈다. 그리고 말에 재갈을 물리고 덧신을 신겨서 소리 나지 않게 고개 밑까지 이동했다. 고개를 지키는 여진족은 보이지 않았다. 잠시 후 오시 무렵 고개에서 정찰병이 효시를 쏘아 올렸다. 한원영의 기병이 일제히 고개를 달려 올라갔다. 고개 너머로 총소리와 전투소리가 들려왔다. 고개를 지키는 여진 병력은 몇 명 되지 않았다. 잽싸게 고개를 점령하고 한원영은 나발을 불게 하고 깃발을 올리고 전고를 두드렸다. 고개와 산성 사이에는 여진과 명군이 뒤엉켜 싸우고 있었다. 두 줄로 부대를 배치하고 승자총통을 거치했다.

잠시 후에 여진의 기마병이 일제히 고개를 탈취하기 위해 달려왔다. 승자총통 사거리에 들어오자 먼저 앞줄에서 승자총통이 일제히 발사되었다. 한 번에 천발의 조란탄이 여진 기병에게 쏟아졌다. 여진 기병 선두가 우수수 떨어졌다. 다시 전열을 정비하여 여진 기병이 달려왔다. 승자총통이 불을 뿜었다. 일진이 뒤로 돌아가고 이진이 앞으로 나섰다. 연거푸 두 번 승자총통이 불을 뿜었다. 고개 앞에 여진족의 쓰러진 말 천여 기가 나뒹굴고 있었다. 조선 기병은 일제히 승자총통을 땅에 놓고 전부 말을 타고 고개에서 쳐 내려가기 시작했다. 기병이 쏜 편전이 등을 보이고 도망가는 여진의 등짝에 여지없이 박히기 시작했다.

대승이었다. 한원영이 점고해보니 조선군의 손실은 부상병 스물 정도였다. 그러나 말을 타지 못할 정도는 아니었다. 그때 멀리 갑주를 입은 명군 장수가 보였다. 한원영이 다가가서 말에서 내려 인사했다.

"조선군 만호 한원영이라 하오."

이신방은 지쳐보였다. 이신방이 한원영에게 먼저 손을 내밀었다.

"이신방이라 하오. 내가 오늘 큰 신세를 졌소이다."

'하하하' 한원영이 크게 웃었다.

"천하의 이신방 장군을 뵙게 되어 소장이 영광이로소이다."

이신방은 바위 위에 털썩 걸터앉았다. 잠시 말없이 한원영을 바라보았다.

"조선은 어떠한가?"

라고 이신방이 뜬금없이 물었다. 한원영은 한참을 무어라 대답할까 생각하더니 웃으면서 대답했다.

"장군, 국록을 먹는 자는 의심하지 않습니다."

이신방이 허허롭게 웃었다. 이신방이 명군 병사들을 수습하기 시작했다. 명군은 아마도 큰 손실을 입은 것 같았다. 한원영은 모닥불을 피우고 임시로 막사를 세웠다. 병사들을 쉬게 하면서 급히 밥을 짓고 가져온 육포를 돌렸다. 술도 한 잔씩 돌려 몸을 뜨겁게 했다. 부상병에게는 대마초를 가루 내먹였다. 마냥 승리를 자축하며 눌러앉아 있을 여유가 없었다. 말들이 기력을 회복하자 한원영은 이신방에게 인사하고 서둘러 산성을 빠져나왔다. 다시 백산까지 백리 길을 가야했다. 부상병이 있고 말이 지쳐 하루 만에야 백산에 도착했다. 백산에 진을 치고 있던 병력과 합세하여 다시 중갑으로 무장하고 하루를 더 쉬었다.

백산에서 내보낸 정찰병에 따르면 한원영의 기병이 산성으로 떠나고 하루 후에 여진의 경기병이 무려 오천 기나 한원영의 뒤를 쫓았는데 누루하치가 직접 나섰다고 했다. 아마도 누루하치는 한원영이 산성에 도착하기 전에 충분히 따라 잡으리라 생각했을 것이다. 다음은 한원영이 생각한 대로 됐을 것이다. 해서여진에게 명군이 전멸하고 그 후에 산성에 도착한 한원영의 기병도 해서여진과 건주여진의 협공에 말려 전멸하고 설사 한 두 명의 생존자가 있어 보고를 하더라도 공식적으로는 '해서여진을 공격하러간 명군과 조선군이 해서여진에게 전멸을 당하고 건주여진이 해서여진을 쳐서 산성을 회복했다.'고 명과 조선의 조정에 보고 될 것이었다. 아마도 한원영에게는 '공신에 봉한다.'는 주상의 공훈첩이 하사될 것이었다. 한원영은 이를 악물었다. 누루하치를 그냥 두고 볼 수는 없는 노릇이었다.

다음날 백산을 나온 한원영의 기병은 압록강변의 여진족 마을을 습격했다. 저항하는 여진인은 전부 도륙했다. 집을 모조리 불태웠다. 저항하지 않는 여진인은 도망가게 했다. 모두 다섯 곳의 여진 마을을 불태우고 압록강을 건너 자성으로 귀환했다. 압록강 너머 여진 부락이 온통 불길에 휩싸였다. 그 연기가 백두산에까지 올랐다. 원영의 부대는 자성에서 하루 쉬고 다음날 만포로 내려왔다. 첨사는 한원영이 자성에서 내려오자 어리둥절했다. 한원영은 '산성에 도착하여 여진에 공격당하고 있던 명군을 구원하고 돌아오는 길에 저항하는 여진 부락 다섯 곳을 소개하고 돌아왔다.'고 전공서를 강계에 보냈다. 대승이었다.

"모율비를 보름에 처형한다고 합니다."

여진상인이 고개를 떨궜다. 날래기가 바람 같은 놈으로 원영이 익히 아는 운비의 전령이었다. 사실 이전에도 여러 차례 운비의 소식을 전해 왔었다. 며칠 운비가 나타나지 않아 대수롭지 않게 여겼는데 보름이 지나도록 연락이 없자 불길한 기운을 느꼈었다. 마침내 불길한 기운이 현실로 터진 것이다. '끙' 신음소리가 절로 나왔다. 상황이 만만치 않았다. 누루하치가 강 건너 지린에 직접 진주한 것이다. 누루하치의 천총 다섯 뿐만 아니라 건주여진의 천총 다섯이 지린에 모였다는 것이다. 한원영에게 한방 크게 당했을 뿐만 아니라 백산 근처의 다섯 고을을 한원영에게 철저하게 능욕 당한 건주여진이 크게 움직인 것이다. 만 명의 여진 군사가 한 곳에 모인 것은 근래에 없는 일이었다. 이런 움직임이 포착되어 첨사가 직접 한원영을 불러 동태를 물어보기도 했었다.

지린 여진족의 움직임에 크게 당황한 첨절제사가 강계의 전 병력을 만포로 보냈다. 누루하치는 지린으로 와서 모용타를 잡아들이고 모율비를 잡아오라 지시했다. 모용타는 자기하고는 관계없는 일이라고 변명을 했지만 누루하치는 누군가가 한원영에게 정보를 흘린 것이라 확신했다. 그렇지 않고는 이렇게까지 참담하게 한원영에게 당할 수가 없었다. 당연히 모율비가 표적이 되었다. 모용타가 땅에 반쯤 묻히고 죽게 생기자 모율비가 제 발로 누루하치의 막사에 나타났다. 모율비는 누루하치에게 '비겁한 놈'이라고 침을 뱉었다. 모율비의 처형일이 삼일 후 보름으로 정해진 것이다.

"'오지 마라.'고 전하라 했습니다."

여진 상인이 다시 고개를 떨궜다.

'오지 마라.'

원영이 혼잣말로 중얼거렸다. 모율비다운 말이었다. 원영도 이것이 누루하치의 덫인 것은 당연히 알고 있었다. 한편 '오지마라'는 전언은 모율비의 진심이기도 했다. 원영의 고민이 깊어졌다. 다음 날 첨사가 은밀히 원영을 불렀다. 첨사의 표정이 어쩔 줄 몰라 하는 얼굴이었다. 누루하치가 강계의 첨절제사에게 전령을 보냈는데 '무고한 여진부락을 학살한 한원영을 체포하여 지린으로 보내면 군사를 물리겠으나 그렇지 않으면 일전을 불사하겠다.' 는 내용이라고 전했다. 첨절제사는 당치 않은 소리라고 전령을 쫓아버렸는데 사실 어찌 할 바를 몰라 전전긍긍하고 있다고 말하면서 한원영의 눈치를 살폈다. 한원영이 쓴 웃음을 짓고 물러나왔다.

보름날 아침이 되었다. 원영이 단기로 압록강 다리를 건넜다. 운비를 그렇게 죽게 둘 수는 없었다. 첨사는 그런 원영을 말리지 않았다. 부하들은 원영을 말렸으나 원영의 고집을 꺾을 수 없었다. 지린에서 원영이 혼자 다리를 건너오는 것을 발견하고 여진 군대가 다리로 몰려나오기 시작했다. 원영이 다리를 중간 쯤 건너왔을 때 지린 군막 쪽에서 모율비의 전령이 원영에게 말 달려왔다. 한 무리의 여진군사가 그 뒤를 쫓아왔다. 여진 군사들이 전령에게 일제히 화살을 날리기 시작했다. 만포에서도 원영의 기병들이 다리로 쏟아져 나오기 시작했다. 원영이 급히 여진 전령에게 말을 달렸다. 화살이 무수히 전령과 원영에게 쏟아졌다. 이미 전령의 등에는 여러 발의 화살이 박혀있었다. 입에서 피가 쏟아졌다.

"오지 마시오. 탈출했습니다."

전령이 숨을 거두었다. 웃는 얼굴이었다. 원영도 화살을 등에 한 발 다리에 한 발 맞았다. 여진 기병들이 다리로 몰려왔다. 원영이 칼을 빼들었다. 다리에서 여진 기병과 원영의 기병이 뒤엉켜서 일대 혈전이 벌어지기 시작했다.

한원영에게 군율을 무시하고 부대를 이탈하였고 사사로이 군대를 움직여서 부하를 많이 상하게 한 죄를 물어 조정에서 삭탈관직 당했다. 다행히 그 동안의 공이 인정되어 곤장을 치지는 않았다. 한원영은 부상당한 몸을 이끌고 전주로 낙향하였다. 강계의 첨절제사는 '한원영을 처벌하였다.' 는 전령을 누루하치에게 보내고 만포에서 교역을 재개하는 것으로 타협을 하였다. 누루하치는 한원영을 죽이지는 못했지만 만포에서 쫓아낸 것만으로 만족하여 군대를 물렸다. 모용타는 목숨은 건졌지만 지린의 실권은 누루하치에게 넘겼다. 모율비는 탈출에 성공했다는 이야기도 있고 이미 처형되었다는 이야기도 있었다. 그 이후 누구도 모율비의 얼굴을 지린에서 보지 못했다.

낙향한 한원영은 유씨 부인의 지극한 보살핌으로 상처를 금방 회복하게 되었다. 한원영은 전주에서 우연히 정여립을 사석에서 만나게 되었다. 정여립과 한원영은 사흘 밤낮을 대취하도록 마셨다. 어느 날 한원영은 가족을 데리고 남원으로 거처를 옮겼다. 남원에 내려온 한원영은 무술도관을 열었다. 윤 객주가 한원영의 뒤를 봐주기 시작했다.

5장

기축옥사 己丑獄事

"일찍이 맹자는 백성이 귀중하고, 사직은 그 다음이며 임금은 대단치 않다고 했소이다."

회합에 모인 사람들이 여립의 강연에 귀를 기울이고 있었다. 매월 보름에 열리는 대방계 회합 날이었다.

"천하는 공물公物로 일정한 주인이 없소이다."

여립이 말하자 자리에 모인 사림의 인사들, 무사들, 승려, 도사, 기생, 노비, 도공 등 다양한 부류의 사람들이 정곡을 찌르는 여립의 말에 할 말을 잃어버릴 정도로 놀랐으며 분위기가 숙연해졌다. 미월은 장옷을 뒤집어쓰고 사람들 틈에 앉아 여립의 말에 귀를 기울였다. 홍산에서 온 이몽학이 일어나 말했다.

"천하는 공물公物로 일정한 주인이 없다하면 누구를 섬긴 들 다 임금이다. 이런 말이요?"

이몽학이 말해 놓고 호기롭게 하하하 웃었다. 사람들이 따라 웃었다. 그런 이몽학을 유심히 쏘아보는 눈빛이 있었다. 미월이 그자의 용모를 알아보고 황급히 고개를 숙였다. 여립의 강론이 끝나자 마당에는 화톳불이 피워졌다. 개중에는 사당패도 있었는지 꽹과리 소리가 울리고 장고소리가 들렸다. 사람들은 걸게 술판을 차리기 시작했다. 하하하 호기로운 사람들의 웃음소리며 왁자지껄한 소리들로 난장판이었다.

이때 말발굽 소리가 들리더니 대문 앞에서 말이 멈추었다. '히이힝' 말 울음소리가 들렸다. 체구는 작으나 어깨가 딱 부러진 중인 차림새의 한 사내가 마당으로 쑥 뛰어 들어왔다. 환도를 띠돈매기하여 돌려 찼고 동개에 활과 화살이 들어있었다. 사람들의 시선이 일제히 집중되었다. 젊은 사내가 좌중을 쑥 한번 훑어보더니 웃으며 말했다.

"하하하, 여기가 역도들이 모여 역적모의를 한다는 대방계인가? 뭔가? 하는 곳이냐?"

작은 체구에서 뿜어져 나오는 목소리가 귀청을 찢을 정도로 우렁차게 울렸다. '역적모의'라는 소리를 내지르며 갑자기 칼 차고 등장한 사내로 인하여 마당이 쥐 죽은 듯이 조용해졌다. 그러자 한원영이 우뚝 나섰다.

"그렇다. 대방계다. 그러는 너는 누구냐?"

작은 체구의 사내가 만족스러운 듯이 빙그레 웃으며 말했다.

"나는 광산 사람 김덕령이다. 그러는 너는 누구냐?"

그제야 사람들이 안심하는 눈치였다. 얼굴에서 미소가 번졌다. 다들 김덕령에 대하여는 잘 알고 있었다. 이제 나이가 스물이 된 광주 김씨 양반인데 힘이 장사로 소문이 났고 누구든지 잡고 다짜고짜 씨름을 하기로 악명이 나 있었다. 지금까지 김덕령에게 넘어가지 않은 장사가 없었다. 무등산 호랑이라고 불렸다. 한원영이 웃으면서 대답했다.

"나 남원 사람 한원영이다."

김덕령의 입이 찢어질 듯 크게 벌어졌다.

"아따 내가 제대로 찾아 왔구만. 형씨가 그 유명한 백두산 호랑이 한만호여? 잘 만났네. 자 한판 붙자고."

김덕령이 급해지자 사투리가 절로 튀어나왔다. 하하하 좌중에서 웃음소리가 터졌다. 김덕령이 다짜고짜 칼과 활을 벗어던지고 웃옷을 벗어던지고 마당 한 가운데로 나섰다. 사람들이 구경났다고 마당을 비워주고 주변으로 빙 둘러섰다. 그런 모습을 정여립이 웃으면서 지켜보았다. 한원영이 씨름을 마다할 이유가 없었다.

"나한테 지면 무얼 내 놓을 것인가?"

김덕령이 콧방귀를 뀌었다.

"뭐여? 잔말 말고 붙어 보드라고."

둘이 마당 가운데 무릎을 맞대고 앉았다. 김덕령이 허리춤을 깊숙이 돌려 잡고 오른손으로 한원영의 다리샅바를 지긋이 잡아 당겼다. 김덕령은 이때 씨름의 승부가 결정 나는 것을 알고 있었다. 다리샅바를 당겨서 일어나보면 상대방의 완력을 대번에 알 수 있었다. 김덕령이 끄응 힘을 주고 일어나서 좌우로 이리저리 움직여 보았다. 김덕령이 깜짝 놀랐다. 태산 같이 미동이 없었다. '아이구야 이러다가 지겠다.' 하는 생각이 처음으로 스쳐지나갔다. 한원영이 김덕령을 한번에 번쩍 들어서 들배지기로 마당에 꽂아버렸다.

"와아!" 하는 함성소리가 터져 나왔다. 잠깐 기절했던 김덕령은 창피해서 고개를 들지 못했다. 한원영을 형님이라 부르면서 큰절을 했다. 한원영이 그런 김덕령과 맞절을 했다. 김덕령은 대동계가 주는 벌주를 연거푸 열 잔이나 마셨다. 사람들이 앞 다투어 김덕령과 수인사를 했다. 함성과 웃음소리가 끊이지 않았다. 그렇게 죽도의 밤이 깊어갔다.

삼경이 되었지만 여립이 돌아오지 않았다. 미월의 마음이 무거워졌다. 미월은 찻잔을 만지작거렸다. 미월이 운봉 심재호에게 은 한 량을 주고 받아온 찻잔이었다. 한사코 받지 않겠다는 것을 억지로 떠맡기고 받아왔다. 수련을 맡아 키워준 것에 대한 감사의 표시이기도 했다. 여립이 새벽이 되어서야 미월의 방에 대취하여 들어왔다. 미월이 꿀물을 한 잔 내왔다. 여립이 물을 한잔 달게 마시고 미월의 눈치를 살폈다. 미월의 얼굴에 깊게 그려진 걱정을 본 것이었다.

"할 말이 있는가?"

여립이 은근히 물었다. 미월이 오늘 회합에서 본 세작 이야기를 했다.

"분명하요. 정탁이 놈 집사가 분명하요. 곰보에 사팔뜨기 그 놈이요."

여립이 '끙' 소리를 냈다. '정탁, 이놈.' 여립이 이를 악물었다. 재작년에 여립이 전주에서 정탁을 한번 패대기친 일이 있었다. 기방에서 여립이 전주 사는 벗들과 술을 한잔하다가 기방에 들어온 정탁과 우연히 마주쳤다. 여립 또한 미월에게서 들은 이야기가 있어서 정탁에 대해 좋은 감정이 아니기도 했지만 정탁이 유독 여립을 해코지하려고 하는 것을 여립이 늘 마음에 두고 있었다. 술에 취한 정탁이 율곡선생을 거론하면서 여립을 가리키며 배신자 운운하였다.

"우매한 백성들이 정도령이 나타난다고 하는데 그래, 정여립 네놈이 정도령 행세를 한다면서?"

정탁이 혀 꼬이는 소리를 냈다. 정탁이 여기까지만 이야기했으면 여립은 참고 넘어가려 했다.

"그려. 정 수찬 내가 버린 기생 년을 첩으로 데리고 사는 재미가 어쩌신가?"

정탁이 미월이 운운하자 화가 난 여립이 정탁을 번쩍 들었다. 정탁이 허공에서 발을 버둥거렸다.

"네깐 놈이 무엇이기에 건방지게 감히!"

여립이 정탁을 기방 마당에 패대기쳤다. 정탁이 개구리 마냥 기방 마당에 납작 뻗었다. 여립의 친구들이 그런 정탁을 보며 손가락질하며 웃었다. 기방 기생들이 나와 정탁을 업어 방으로 들어갔다. 정탁의 눈에서 불똥이 튀었다. 한 식경쯤 후에 정탁의 사병들이 여럿 기방으로 몰려왔다. 손에 몽둥이를 들었고 그 중에 여러 놈은 칼을 들고 왔다.

그때 정탁의 집사와 여립의 눈이 마주쳤다. 여립은 칼이 없어서 기방에서 손에 잡히는 몽둥이를 들고 싸웠다. 곰보에 사팔뜨기인 그 놈은 무사인 듯했다. 칼 쓰는 솜씨가 보통이 아니었다. 그놈의 칼에 제법 무술을 한다는 여립의 벗들이 여럿 꺾였다. 여립도 그 놈의 칼에 옆구리를 찔려 넘어졌다. 그놈이 피식 웃었다. 진검을 들고 승부를 겨루었어도 여립의 승리를 장담하기 힘든 솜씨였다. 때마침 전주포청의 포졸들이 기방에 들이닥쳤다. 여립 일행을 포청으로 압송했으나 막상 정탁 일당은 벌써 도망가고 없었다. 여립은 전주부윤이나 포졸들이 함구하니 모른 척할 수밖에 없었다. 자존심 강한 여립은 분통을 터트렸다. 여립은 칼 맞은 옆구리가 다시 쓰려왔다.

올해 녹도에 왜적 스무 척이 들어와 행패를 부린다는 급보가 들어왔다. 전주 부윤 남언경이 친분 있는 여립에게 도움을 청하였다. 여립은 남언경을 도와 대방계원들을 데리고 출병하였다. 대방계원이 녹도에 도착하였을 때 이들은 이미 퇴각한 뒤였다. 그러나 손죽도에 정박하고 있던 왜구를 발견하여 기습 공격하여 미처 떠나지 못한 왜구들을 전멸시켰다. 그때도 관군에 섞인 칼잡이가 얼핏 보였다. 그 놈이 여립의 동태를 몰래 살피는 것이 분명했다. 그 놈의 뒤에는 필시 정탁이 있을 것이었다. 여립은 정탁을 필두로 서인들이 뭔가 모사를 꾸미고 있다는 생각을 지울 수가 없었다.

*

불길한 예감은 오래가지 않았다. 한양에서 급한 전갈이 왔다. 여립은 죽음을 예감했다. 여립은 지금은 시기가 아니라고 판단했다. 대방계를 지켜야 했다. 여립은 급히 대방계원들을 죽도로 모았다. 미월에게는 남원으로 가서 윤 객주에게 의탁하라고 했다. 미월이 마지못해 남원으로 떠났다. 여립은 죽도로 갔다. 미월은 급히 운봉 심도가를 찾아왔다. 미월이 찻잔 두 개를 심재호에게 건넸다. 수련에게 전해주기를 부탁했다. 미월은 심재호에게 세 번 큰절을 했다. 심재호도 따라 맞절을 했다. '수련을 잘 부탁한다.' 고 하직인사를 했다.

심재호는 망연하게 떠나가는 미월의 뒷모습에 합장하고 절했다. 미월이 급히 죽도로 돌아왔다. 그러나 여립을 만나지 못했다. 여립은 이미 처형된 후였다. 여립은 한양으로 압송되어 다시 능지처참되었고 목이 장대 끝에 매달렸다. 미월이 한양으로 갔다. 상복을 입고 정여립의 시체를 부여잡고 통곡을 했다. 의금부 사령들이 즉시 미월을 잡아들였다. 선조가 그 소식을 전해 듣고 미월을 직접 추국하겠다고 의금부로 나섰다. 선조 옆에 정탁이 배석했다. 선조가 부들부들 떨면서 물었다. 위엄을 보이려는 듯 목소리를 낮춰 물었다.

"대역죄인 정여립의 시체를 잡고 울었다지. 네년은 누구인가?"

미월이 고개를 꼿꼿이 세우고 대답했다. 희미하게 냉소를 보였다.

"정여립의 정인으로 송연이다."

선조의 얼굴빛이 사색이 되었다. 정탁이 고래고래 소리를 질렀다.

"아니 저년이 어느 안전이라고 입을 함부로 놀리는가? 저
년의 입을 찢어라."

의금부 도사가 칼을 빼어들고 나섰다. 선조가 제지했다.
그러나 선조의 손이 저절로 덜덜 떨렸다.

"역적 정여립의 정인이라고? 그래 지아비에 대한 충심이
갸륵하구나."

선조가 애써 화를 눌러 참으면서 다시 물었다.

"그래 역적 정여립이 지은 죄를 너도 잘 알고 있으렷다?"

미월이 정탁을 한번 힐끗 쳐다보며 대답했다.

"서방님이 말씀하시기를."

미월이 한숨 돌리고 여립이 평소에 하던 말을 쭉 풀어 놓
았다.

"백성이 귀중하고, 사직은 그 다음이며 임금은 대단치
않다."

그 말을 들은 사관이 기록해야 할지? 말아야 할지? 주저주
저했다. 사관이 선조와 정탁의 눈치를 살폈다. 그러거나 말
거나 미월이 또박또박 말했다. 선조의 얼굴이 돌 씹은 표정
으로 바뀌어 가고 정탁의 얼굴도 사색이 되었다.

"천하는 공물公物로 일정한 주인이 없다."

결국 선조가 참지 못하고 외쳤다.

"네 이년! 여봐라. 저년의 입을 당장 찢어라!"

의금부 도사가 단도를 꺼내어 미월의 입을 찢으려 했다. 그때 미월이 선조에게 말했다.

"상감 내 마지막으로 할 말이 있는데 한 마디만 더 하게 해주시오."

선조가 급히 도사를 제지했다. 미월이 오랏줄도 풀어달라고 했다. 정탁이 무어라고 말을 하려 했지만 선조가 도사에게 오라를 풀어주라 했다. 미월이 오랏줄이 풀리자 여립의 시신 있는 곳을 향하여 두 번 절하고 나서 정탁을 보며 말했다.

"정탁 이놈아, 이 시가 기억나겠지. 네놈이 내 발에 입 맞추고 나서 써준 글귀니라. 자 잘 보아라."

미월이 치마를 벗어던지고 안에 입고 있던 속치마를 벗어 정탁에게 보였다. 속치마에는 가사가 한곡 쓰여 있었다. 정탁의 당황하는 표정이 역력했다. 미월이 시를 읽기 시작했다.

"이 몸 삼기실제 제 임을 조차 섬기시니 한생 연분이며 하날 모를 일이런가. 나 하나 졈어 잇고 님 하나 날 괴시니."

정탁이 급히 뛰어나가 미월을 몽둥이로 쳤다. 미월의 머리가 깨어졌다. 미월이 벌떡 일어나 정탁을 밀어냈다.

"정탁, 이놈! 네가 분명 나한테 그랬다. 여기서 님은 찌질한 임금 이연이 아니고 사랑스러운 나 미월이라고 말이다. 네놈 입으로 찌질한 이연이라고 하지 않았느냐?"

정탁이 당황하여 팔을 휘휘 저었다. 선조를 보며 황급히 말했다.

"주상, 이년이 미쳤습니다. 새겨듣지 마시옵소서. 당장 이
년의 입을 찢어 말을 못하게 하소서."

선조가 미월에게 물었다.

"그래 할 말을 다 했느냐?"

미월이 크게 외쳤다.

"이- 놈- "

선조가 외쳤다.

"저 – 저 – 저년의 목을 당장 쳐라."

미월이 냉소를 머금고 다시 크게 외쳤다.

"이- 놈- 이연아! 백성은 물과 같아서 배를 띄울 수도 뒤
집을 수도 있느니라. 알겠느냐? 여립 서방님이 하신 말씀이
다. 새겨들어라!"

선조가 의금부 도사의 칼을 빼앗아 들더니 미월의 목을 쳤
다. 미월의 목이 땅바닥에 나뒹굴었다. 선조가 분을 참지 못
하고 시체에 난도질을 했다. 선조의 얼굴이 피범벅이 되었
다. 선조가 칼을 들고 정탁을 노려보자 정탁이 땅바닥에 납
작 엎드렸다. 선조가 한참을 씩씩대다가 칼을 던져 버리고
의금부 도사에게 말했다.

"저년을 끌어내서 능지처참하고 목을 잘라 역적 정여립의
장대 옆에 세워라."

선조가 잠시 생각하더니 말을 바꾸었다.

"아니다. 능지처참하고 시체를 저잣거리에 널어 개들의 밥이 되게 하여라. 죽어서라도 두 연놈이 같이 있는 꼴을 볼 수는 없다."

선조가 사관을 쳐다보며 말했다.

"오늘 저년이 한 말을 기록하지 말라. 알겠는가? 내 말을 거역하면 네 놈도 목을 칠 것이야."

사관도 덩달아 맨 땅에 고개를 박았다. 선조가 의금부를 나갔다. 의금부 사령들이 미월의 시체를 치우고 정탁은 미월의 속치마를 챙겨서 황급히 선조의 뒤를 따랐다. 십년감수한 표정이었다.

*

한원영은 도망가지 않았다. 그렇다고 순순히 의금부 사령의 오라를 받지도 않았다. 한원영이 도관 마당에 장검을 빼어들고 태산같이 서 있었다. 원영의 뒤에는 유씨가 단도를 빼어들고 서 있었다.

한물은 그런 광경을 도관 대청마루 밑에서 지켜보고 있었다. 정여립이 진안 죽도에서 죽은 지 벌써 보름 전이었다. 원영은 대방도관의 모든 제자들과 도반들을 피신시켰다. 그리고 한물과 유씨 부인을 외가 파주로 보내려했으나. 유씨가 거부했다. 일이 이렇게 된 마당에 여기서 죽는 것이 조금이라도 친정을 살리는 길이라 생각했다. 한원영은 세상이 다 아는 정여립의 친구였다. 대방계를 이끄는 수장임을 누구나 알고 있었다. 벗이 죽은 지도 벌써 보름이 지났다. 한원영은 오래 버텼다고 생각했다. 살길은 없어 보였다. 한원영은 한물에게 말했다.

"너는 아비의 최후를 끝까지 보아라. 그러나 살아라. 아비의 한을 풀어라."

원영은 대청마루 밑에 뚫린 땅굴을 가르쳐주었다. 대방계에 무슨 일이 생길지 몰라 뚫어둔 땅굴이었다. 땅굴은 대방도관 뒤뜰 담 너머 대숲으로 나있었다.

의금부 도사가 "역적 한원영은 칼을 버리라."고 말했다. 사령들이 도관을 두 겹으로 둘러쳤다. 성급하게 한원영의 목을 베려던 겁 없는 병사의 주검이 벌써 마당에 세 구나 나뒹굴고 있었다. 사령들도 조선 최고의 검객 한원영의 무명을 익히 들어 알고 있었다. 아무리 한원영의 목에 은자 백량이 걸려 있다 하여도 함부로 나설 수는 없었다. 한원영은 태연히 말했다.

"하하하, 분하다. 내가 천시를 놓쳐 이연의 파당을 쓸어버리지 못했다."

의금부 도사의 얼굴이 굳어졌다. 칼로는 한원영을 제압할 수 없었다. 사수들이 지붕 위와 담 위에서 원영에게 화살을 겨눴다.

"쏴라!"

화살이 일제히 한원영에게로 날아갔다. 원영이 유씨 부인에게 날아오는 화살을 칼로 휘둘러 쳐냈다. 그러나 화살이 너무 많았다. 원영의 등에 여러 발의 화살이 박혔다. 유씨의 등에도 화살이 한 대 박혔다. 유씨가 쓰러졌다. 유씨의 입에서 피가 울컥 쏟아졌다. 원영이 유씨를 일으켜 세웠다. 유씨가 원영에게 뭐라 한 마디 했다. 원영이 쓰게 웃었다. 원영이 유씨를 땅에 가만히 놓고 돌아섰다. 유씨가 단도를 유씨의 목에 찔렀다.

"악!"

한물이 소리쳤다. 쓰러진 유씨와 대청마루 밑에 있는 한물의 눈이 서로 마주쳤다. 유씨가 한물에게 웃어보였다.

"내가 죽어 대동세상을 이루리라. 하하하"

한원영이 칼을 휘두르며 도사에게 달려들었다. 다시 일제히 화살이 원영에게 쏟아졌다. 원영의 몸에 수십 발의 화살이 박혔다.

한물은 그렇게 아비와 어미의 최후를 두 눈 부릅뜨고 지켜보았다. 그때 한물의 나이 열다섯이었다. 다음날 밤 경계가 풀어지자 한물은 남원을 떠나 파주로 갔다. 외가도 모두 적몰되고 말았다. 아무도 없었다. 외조부와 외조모는 죽고 외가 식구들은 귀양 가고 관노가 되었다. 한물은 다시 한 달을 걸어 남원에 왔고 용천사로 처영을 찾아갔다. 그 날로 머리를 깎고 지명이라는 법명을 받았다.

6장

대방도관

천왕봉이 중턱부터 깊은 구름에 잠겨 보이지 않았다. 가끔씩 운해 사이로 햇살이 갈라져 내려오곤 했다. 실상사 목탑에 햇빛의 끝자락이 걸렸다. 실상사 앞을 지나 흐르는 람천에서 아침 안개가 피어오르기 시작했다. 한물은 금아와 같이 람천 건너 골짜기에 매복을 하고 있다. 왜군의 냄새가 안개에 실려 날아왔다. 삼십 장 높이의 구층 목탑에 아침 햇살이 걸리자 마치 촛불에 불이 켜지는 것 같았다. 연달아 촛불은 대웅전 앞 삼층 석탑에도 켜졌다. 대웅전에도 켜졌다. 일제히 실상사의 가람이 깨어나기 시작했다. 지장전 앞 연못이 햇빛에 반사되어 번쩍이는 물빛이 보였다. 실상사는 전부 비워져서 조용했다.

임진년의 난리는 소강상태가 되었다. 계사년이 되자 왜군이 구례를 휘돌아 남원으로 들어오려 했다. 지리산에서는 처영의 의승군과 왜군이 숨바꼭질을 했다. 처영은 왜군과의 전면전을 절대로 피했다. 왜군의 조총에 대항할 수 없었다. 처영은 매복하고 있다가 재빨리 왜군의 전초를 타격하고 빠른 걸음으로 지리산 계곡으로 숨는 전술을 택했다. 왜군도 약아져서 의승군의 매복에 대응하기 시작했다. 소부대로 이동하지 않았고 좁은 길이 아닌 대로로만 이동하기 시작했다. 지리산을 넘어 인월로 들어온 왜군이 실상사를 겨냥하고 산내로 들어온 것이다.

처영은 '실상사는 지켜야 한다.' 고 판단하고 모든 의승군을 실상사 주변에 전부 매복시켰다. 일대격전을 준비했고 잘못하면 의승군이 큰 타격을 입을 수도 있는 상황이었다. 다행히 천운이 처영에게 있는 것 같았다. 물안개가 진하게 피어오르기 시작했다. 조총이 제 힘을 발휘하기 어려운 상황이 된 것이다. 왜군의 전초가 람천을 따라 난 대로를 거슬러서 실상사 쪽으로 다가오기 시작했다.

왜군은 고니시 부대라고 했다. 고깔 모양의 투구가 안개 속에서 번들거리는 것이 보이기 시작했다. 화약 냄새가 맡아졌다. 뿔 모양의 투구에 울긋불긋한 갑옷을 입고 각반을 찬 왜군 장수가 보였는데 멀리서 봐도 빛이 났다. 왜군의 만장이 하늘하늘 휘날렸다. 마치 굿을 하는 무당과 같이 화려했다. 왜군은 날라리 같은 나발을 불었고 목탁소리가 흘러나왔다. 가끔씩 허공을 향해 조총을 쏘아 대기도 했다. 갑주에 달린 철편 비늘이 철렁거리는 소리가 귓가에 들렸다.

금아가 염불하는 소리가 들렸다. '수리 수리 마하수리 수수리 사바하' 천수경이었다. 한물은 오 년 동안 용천사에 있었지만 겨우 반야심경을 외울 뿐이었다. 금아는 천수경에 금강경까지 외웠다. 용천사에서 금강경을 외워 염불하는 스님은 손에 꼽았다. 금아가 염주를 품에 넣었다. 드디어 살생을 할 때가 온 것이다. 금아의 눈이 다시 푸른빛으로 잦아들었다. 금아는 살생을 극도로 싫어했다. 개 한 마리 노루 한 마리 차마 죽이지 못했다. 그런 금아가 왜군을 죽이지 못해 안달이 났었다.

처영을 따라 몇 차례나 척후를 자원하여 한물과 같이 지리산에서 매복했지만 번번이 실패하고 후퇴하기만 했다. 과연 왜군의 조총은 가공할 무기였다. 한 번은 처영 의승군의 매복이 왜군의 전초에 들켜 포위공격을 당한 적이 있었다. 왜군의 조총이 방패를 뚫고 승군의 몸통에 박혔다. 의승군의 사방진은 단번에 깨졌다. 그때 의승군 여럿이 죽고 다쳤다. 한물과 금아는 천우신조로 도망쳐왔다. 금아는 그때마다 눈빛이 붉게 변했다가 스러졌다.

금아가 숫깍지를 엄지에 끼우고 편전을 한 대 살에 메겼다. 왜군의 숨소리까지 물소리에 섞여 들려왔다. 이때 보주가 소리쳤다.

"쏘아라, 사방진을 펼쳐라."

　한물이 튀어나갔다. 투구를 겨냥하고 편전을 한 대 날렸다. 투구가 쓰러졌다. 다시 달려오는 투구가 보였다. 금아가 편전을 날렸다. 한물이 다시 왜군에게 편전을 날렸다. 그 사이 금아는 칼을 빼어들고 편전에 맞아 버둥거리고 있는 왜군의 목을 날렸다. 피가 뿜어져 나왔다. 야릇한 비린내가 올라왔다. 피 냄새였다. 금아의 눈빛이 이리의 붉은 눈으로 변했다. 한물과 금아가 사방진 안으로 들어갔다. 왜군의 칼을 막고 쳐내고 찔러갔다. 한 놈을 찌르고 또 한 놈을 베었다. 왜군의 끈적한 피가 한물의 얼굴에 뿌려졌다. 가끔씩 조총소리가 나기는 했지만 람천에는 칼 부딪히는 소리와 신음소리가 들릴 뿐이었다.

　그때 땅이 쿵쿵 울리고 거대한 괴물이 한 마리 뛰어왔다. 엉겁결에 방패로 막았다. 갑자기 방패가 깨지고 한물이 땅에 패대기쳐졌다. 머리가 깨져 귀 쪽에서 피가 흘렀다. 머리가 멍했다. 금아가 덩치에게 달려들었다가 방패가 박살나는 것이 보였다. 한물이 잽싸게 덩치에게 굴러 들어갔다. 덩치의 철퇴가 금아와 한물을 간신히 비켜나 땅에 박혔다. 황토가

튀어 올랐다. 왜군의 철퇴를 든 손이 다시 뒤로 재껴지는 것
이 보였다.

한물은 나는 듯이 왜군 쪽으로 한 바퀴 몸을 굴렸다. 왜군
의 부릅뜬 눈이 위에서 한물을 내려다보고 있었다. '어 어'
당황한 기색이 역력했다. 한물의 칼이 날아올라 왜군의 목을
수직으로 찔러갔다. 칼은 목을 뚫고 목뼈를 비집고 나왔다.
피가 분수처럼 뿜어져 한물에게 쏟아졌다. 왜군의 둔중한 몸
이 한물에게 그대로 넘어졌다. 금아가 한물을 일으켜 세웠
다. 한물은 금아의 뒤를 따라갔다. 금아는 왜군을 베고 찌르
고 잘랐다. 왜군의 몸통을 세 번씩 찔렀다. 버려진 왜군의 몸
에 난도질을 했다. '끼끼끼끼' 짙은 웃음소리를 흘리고 다녔
다. 금아의 온 몸이 피에 젖어 야차와 같았다. 얼굴에서 피가
뚝뚝 떨어졌다. 왜군이 그런 금아를 슬슬 피했다.

한물은 몽롱한 의식으로 금아를 따라가기만 했다. 쓰러진
왜군을 한 놈 두 놈 칼로 찔렀다. 한물의 몸이 휘청거리고 말
을 듣지 않았다. 그러다가 다시 왜군을 맞았다. 왜군의 칼이
한물을 찔러왔다. 한물이 그 칼을 간신히 받아쳤다. 왜군이
단도를 한물의 다리에 찔렀다. 한물이 쓰러졌다. 왜군이 칼
을 들어 한물의 목을 치려했다. 금아의 편전이 왜군의 목을
관통했다. 한물이 의식을 잃었다. 그 사이 금아는 한물을 지
키면서 달려드는 왜군의 목을 십여 구 날렸다. 나발소리가

들리고 왜군이 후퇴하기 시작했다. 후퇴하는 왜군을 금아가
쫓아갔다.

*

만복사 앞에 우뚝 선 석인상이 한물을 내려다보고 있었
다. 한물은 곱슬머리에 부리부리한 눈, 뭉툭한 코를 올려다
보았다. 저 코만 빼면 금아를 닮았다는 생각을 했다. 저 석인
은 대체 누구를 지키고 있는 걸까? 아니 어쩌면 누구를 기다
리고 있는 건지도 모른다. 한물은 슬쩍 석인상과 키 재기를
해 보았다. 겨우 석인의 배꼽을 지났다. 한물이 석인상을 만
져보았다. 서늘했다. 그런데 조금은 온기가 느껴지는 듯도
했다. 살아있는 건가? 왜군이 쳐들어오면 석인이 창을 들고
쿵쿵쿵 남원성으로 달려올까? 이런저런 생각을 했다. '댕 댕
댕' 풍경소리가 들렸다. 대웅전을 바라보았다. 휑했다. 그 화
려하던 단청이 오늘따라 추레해 보였다. 만복사도 을씨년스
럽기는 마찬가지였다. 그 많던 만복사 스님들이 전부 사라졌
다. 일부는 의승군으로 들어가고 일부는 지리산으로 도망쳤
다. 한물은 만복사 석불에게 삼배하고 대방도관으로 향했다.
한물의 머리가 조금 자라서 더벅머리가 되었다. 그는 지명이

라는 법명을 버리고 윤한물이라는 새 이름을 얻었다.

한물은 대방도관에 도착했다. 도관의 현판이 떨어져나간 자리가 눈에 들어왔다. 담 한쪽이 무너져 내렸고 연무장으로 쓰던 마당은 잡초가 무성했다. 한물의 눈에서 번쩍 번갯불이 생겼다. 한물이 마당에 들어가 잡초를 손으로 잡아 뜯었다. 어머니가 쓰러졌던 자리에 한물이 누웠다. 겁에 질린 채로 대방도관 대청마루 밑에서 죽어가는 어미를 멀뚱멀뚱 쳐다보고 있는 한물을 발견했다. 죽어가면서까지 아들을 살리려고 했던 어미의 눈이 거기에 있었다. 한물은 눈을 감았다. 눈물이 나왔다.

'아들아, 아비의 죽음을 두 눈으로 똑똑히 보아라.'

아비의 목소리가 한물의 목을 조여 왔다. 파란 하늘을 쳐다보았다. 한물은 아직 아비의 원수를 갚지 못했다. '대동세상'이라. 아비는 죽어가는 순간에도 '대동세상'이라고 했다. 정녕 그런 세상은 오는 건가? 그 세상이 아비의 목숨과 바꿀 정도로 가치 있는 것인가?

"한물 형!"

소석이 마당에 달려 들어왔다. 소석이 한물을 보듬었다. 소석의 몸에서 향기로운 약초 냄새가 났다. 오 년만에 다시 만나게 된 것이다. 기축년에 한원영이 죽은 이래로 도관은 돌보는 이 없는 폐가가 되어버렸다. 아무도 역적의 집에는 드나들지 않았다. 그렇게 민심은 출렁거리는 것이었다. 유일하게 백이가 도관에 서슴없이 드나들었다. 백정의 아들이었기 때문에 누구도 그러거나 말거나 신경 쓰지 않았다. 그러다가 백이는 임진년에 왜란이 터지자 여수로 가서 이순신 장군의 객군살이를 했다. 백이는 아직도 이순신 장군 군영에 있었다.

"한물 성, 나는 야차를 누가 죽였다고 할 때 한물 성인 줄 단번에 알아봤소. 그런데 성이 용천사에 있는 줄은 까맣게 몰랐네."

소석이 한물의 손을 꽉 잡고 놓아주지 않았다. 어느 틈인가 금아가 도관 마당에 나타났다.

"아미타불"

금아가 미미하게 웃었다. 금아의 황금빛 머리가 출렁거렸다. 소석이 금아에게 달려가 안겼다. 고목나무에 매미 붙듯이 소석이 금아에게 매달렸다. 금아가 질색을 하며 소석을 떼어놓았다.

"나는 안 보이지?"

낭랑한 목소리가 들렸다. 금세 공기가 맑아지는 듯했다. 금아 뒤에 초희가 서 있었다. 하늘색 경장에 머리는 상투를 틀었다. 허리에 작은 칼을 차고 등에는 활을 메고 있었다.

"도관에 왔으면 무술을 연마해야지?"

초희가 싱글거렸다. 키가 벌써 소석만큼 자랐다. 이제는 여실한 여인의 향취가 느껴졌다. 도관이 다시 열렸다는 소식을 듣고 초희가 금아를 따라서 쫓아왔다.

"이 놈이 초희란 말이냐? 허허 그때는 열 살짜리 꼬맹이였는데."

한물이 초희의 머리를 쓰담쓰담했다. 그러자 초희가 허리에 차고 있던 칼을 스르륵 빼들었다. 한물이 몸을 뒤로 뺐다.

"그래 목검이 아니라 진검도 한 번 맞아줄 생각이냐? 한물 대장?"

초희가 칼을 허공에 휘휘 휘둘렀다. 도관에 검의 기운이 쭉 퍼져 나갔다. 초희의 눈에 반가움이 가득했다. 초희는 한눈에 도관에서 부러 목검을 맞아주던 어릴 적의 한물을 기억해 냈다. 이때 도관 대문이 부서질 듯이 쾅 열렸다. 흙먼지가 자욱했다.

"한물 장군이 성이지? 그라제. 한물 성!"

백이가 달려 들어왔다. 어찌어찌 한물이 남원에 있다는 소식을 듣자 백이가 여수에서 이백 리 길을 득달같이 달려 온 것이다. 다섯 명이 얼싸안고 빙빙 돌았다. 백이는 연신 '오메 좋은 거. 오메 좋다.'를 외쳤다.

*

　한물이 처음 한원영을 따라 남원에 왔을 때 한물의 나이
열한 살이었다. 대방도관이 문을 열고 있었지만 딱히 무술사
범이 없었다. 윤 객주가 한원영의 집을 마련해주고 대방도
관을 열자 처음에는 양반 댁 자제들이 한원영의 명성을 듣
고 우르르 몰려왔다. 심지어는 멀리 나주와 광주, 전주에서
도 자제를 데려와 도관에 보내기도 했다. 그러다가 한원영이
반상의 구별 없이 천인의 자식이며 심지어는 여식까지도 무
술을 가르치자 양반 댁 자제들은 더 이상 도관에 나오지 않
았다. '반상의 구별이 분명하고 남녀가 유별한 것'이 조선의
법도인데 한원영이 법도를 깬다고 했다. 특히나 양반들은 도
관에 승려들이 드나드는 것을 질색했다.
　결국 나중에 남은 아이들은 백정 아들 백이, 최 의원 아들
소석, 윤 객주가 데리고 있던 금아, 그리고 원영의 아들 한물
정도만 남았다. 그때 초희는 겨우 예닐곱 살이었다. 교룡산
성의 승려들이 한원영을 불러 몇 달씩 무술을 배우기도 했
다. 교룡산 용천사에는 호남의 승병들이 전부 모여 훈련을
받는다고 했다.
　한원영은 한 달에 한 번씩 대방도관에서 집회를 열었다.
그럴 때는 사람들이 여럿 모였다. 승려들도 많이 나타났고

원영과 교류하는 양반들도 왔다. 광주의 김덕령이 자주 다녀 갔다. 언젠가는 허균이 스승 이달과 같이 나타나기도 했다. 중인들이 많이 왔다. 서얼들도 많이 다녀갔다. 남원부 기생들이 와서 노래를 부르기도 했다. 활쏘기 대회를 하고 말 타기를 했다. 밤새워 모닥불을 피우고 술을 마셨다.

양반들은 그런 한원영을 못마땅해 했다. 그러나 한원영에게 잘못 걸렸다가 장마당에 패대기쳐지는 망신을 당한 양반이 여럿 생기고 난 뒤로는 슬슬 피했다. 남원부사도 판관도 만포 만호 한원영을 어쩌지 못했다. 한원영은 성격이 직설적이고 말이 거칠었다. 일하지 않고 놀고먹기만 하는 나약한 양반들을 벌레 보듯이 했다. 당연히 한원영에게는 적이 많았다.

도관 마당에서 한물이 도반들과 장치기 놀이를 하고 있으면 초희는 목검을 들고 오라비들을 쫓아다녔다. 돼지오줌보로 만든 공을 잡으러 쫓아다녔다. 오라비들은 초희를 놀이에 끼워주지 않았다. 초희는 약이 올라 뿌루퉁해지기 일쑤였다. 그러다 한물을 잡게 되면 분풀이삼아 목검으로 한물을 찔렀다. 한물이 초희의 목검을 일부러 맞아주었다. 한물은 그냥 그런 초희가 귀엽기만 했다. 초희는 특히 금아의 뒤를 졸졸 따라 다녔다. 금아는 항상 초희가 놀다 지치면 업어서 객관으로 돌아갔다. 금아의 등 뒤에서 초희가 새근거리며 자고 있었다.

*

앞서가던 금아가 발길을 멈췄다. 초희에게 수신호를 보냈다. 금아가 손으로 전방을 가리켰다. 초희가 침을 꿀꺽 삼켰다. 심장박동이 빨라졌다. 초희가 통아에 편전을 한 대 올렸다. 손이 가늘게 떨렸다. 숫깍지를 활에 걸었다. 호흡을 고르기 시작했다. '하나 둘 셋' 초희가 서서히 일어났다. 전방 오십 보 앞에 노루가 한 마리 보였다. 바람에 노루냄새가 실려왔다. 아직 고개를 땅에 박고 있다. 서서히 활을 밀어내기 시작했다. 더 이상 활은 휘어지지 않았다. 순간 노루와 초희의 눈이 마주쳤다. 노루의 검은 눈이 흔들렸다. '쐐액' 화살이 날았다. 노루가 몸을 틀었다. 엉덩이가 살짝 튀어오를 때 화살이 노루의 몸통에 박혔다. 금아가 호루라기를 불었다. 호루라기 소리가 산중을 깨웠다. 한물과 소석이 환한 얼굴로 달려왔다. 소석이 엄지손가락을 들어보였다.

"첫 사냥이구나."

"별거 아니네."

초희가 으쓱해 보였다. 금아가 노루에게 박힌 화살을 뽑았다. 피가 뿜어져 나왔다. 초희의 미간이 찌푸려졌다. 초희가 처음 잡은 노루였다. 한물이 단도를 초희에게 넘겼다. 노루의 눈이 초희를 애처롭게 바라보았다. 노루가 가쁜 숨을 몰

아쉬었다. 초희의 손이 바들거렸다. 그때 소석이 노루의 목에 단도를 깊이 찔러 넣었다. 초희는 눈을 질끈 감았다. 더 이상 노루는 움직이지 않았다.

소석이 빙글거리며 초희에게 말했다.

"급소를 찔러야 고통이 줄어든다."

초희가 머쓱한 표정으로 단도를 쓱쓱 닦아 한물에게 다시 건넸다. 한물이 초희의 등을 두드리며 웃었다. 금아가 노루를 묶기 시작했다. 꽤나 큰 노루였다.

지리산으로 노루 사냥을 나섰다. 노루가 목적이 아니고 활 쏘기가 목적이었다. 초희와 소석의 활솜씨가 하루가 다르게 발전했다. 금아와 한물은 사람을 사냥해 본 적이 있다. 이제는 초희도 사람을 사냥할 때가 온 것이었다. 초희가 처음 잡은 노루에 괜히 마음이 들떠서 계속 뭐라고 조잘거렸다. 지리산 자락에 초희의 웃음소리와 조잘거리는 목소리가 메아리쳤다.

그때 뭔가 이상한 낌새를 느끼고 한물이 움찔거렸다. '쉿!' 입에 손을 가져갔다.

"으르르릉 으르르릉"

"으르르릉 으르르릉"

낮고 굵은 소리가 연속적으로 들려왔다. 노루를 노린 이가 초희 말고 또 있었던 모양이다. 한물이 칼을 뽑아들고 서서히 앞으로 나서자 금아도 칼을 뽑아들고 초희의 앞으로 나섰다. 황소보다 큰 호랑이가 서서히 나타났다. 느릿하게 다가왔다. 노루의 피 냄새를 맡은 모양이었다. 스윽 대호가 주변을 쓸어보았다. 거만한 표정이었다. 서릿발처럼 찬 공기가 범에게서 나와 주변을 얼어붙게 했다. 범과 눈이 마주친 초희는 다리가 풀려서 자칫하면 털썩 주저앉을 뻔했다. 정신을 가다듬은 소석은 편전에 활을 한 대 먹였다. 그러나 편전으로는 어림없어 보였다. 창이 필요했는데 창은 없었다. 그때 금아가 '얍' 기합소리를 내면서 서너 걸음 앞으로 달려 나갔다. 범이 금아에게 다가왔다. 초희와 소석이 한물의 뒤에 섰다. 초희도 겨우 편전을 한 대 활에 올렸다. 금아가 칼을 두 손으로 잡고 범을 노려보았다. 대호가 크게 울었다.

"으르렁!"

지리산이 울렁였다. 범의 이빨이 마치 창날 같았다. 대호가 풀쩍 뛰어 오르면서 앞발을 휘둘렀다. 금아가 뒤로 물러나면서 간신히 한번 피했다. 범의 다른 발이 금방 쫓아왔다. 금아가 칼로 범의 앞발을 받아쳤다. 그러나 범의 앞발이 칼 잡은 금아의 팔을 쳤다. 칼이 허공으로 튕겼다. 다시 휘두른 범의 발에 금아의 몸뚱이가 허공에 날아올라 초희 앞으로 풀썩 떨어졌다. 한물이 칼을 잡고 황급히 앞으로 나섰다.

"네 이놈!"

한물이 소리를 꽝 질렀다. 대호가 움찔거렸다. 대호가 다시 앞다리를 좌우로 휘휘 허공에 저었다. 금아는 기절했고 팔이 덜렁거렸다. 가슴에서 피가 새어나왔다. 초희가 금아에게 달려갔다. 범이 금아 쪽으로 움직이려하자 한물이 범의 앞을 막아섰다. 범이 한물을 노려봤다. 노루로 만족할 놈이 아니었다. 한물의 미간이 좁혀졌다.

"네 이놈!"

다시 한물이 소리를 크게 질렀다. 그때 갑자기 땅이 흔들리기 시작했다. 처음에는 잔잔하게 흔들리더니 소나무가 가늘게 떨리기 시작했다. 바위가 저절로 굴러 떨어졌다. 또 한번 크게 땅이 좌우로 흔들거렸다. 한물이 휘청거렸다. 지진이었다. 대호가 꼬리를 내리고 급히 도망가기 시작했다. 천왕봉 쪽으로 뛰어갔다. 한물이 자리에 풀썩 주저앉았다. 소석이 급히 금아를 평지에 옮겨 옷을 벗겼다. 오른 팔이 부서지고 갈비뼈가 드러났다. 초희가 흐느끼기 시작했다.

"금아 성, 금아 성-."

소석이 평소에 가지고 다니던 침구 통을 꺼내 응급처치를 했다. 팔에 부목을 대고 지혈을 했다. 한물이 급히 나뭇가지를 여럿 잘라 지게를 만들기 시작했다. 금아를 지게에 올렸다. 한물과 소석이 앞뒤로 지게를 들었다. 나는 듯이 산을 내려갔다. 초희가 흩어진 병장기를 수습해서 지게를 뒤따라 내

려왔다. 최 의원이 금아를 치료했다. 다행히 내장이 파열되
지는 않았다.

그날 지진이 남원을 덮쳤다. 의원 마당에는 깨지고 다친
환자들이 많이 누워있었다. 남원성 남문 일부가 지진에 무너
졌다. 사람들은 나라가 망할 징조라고 수군거렸다. 갑작스런
지진은 뜻밖에 금아를 살렸다.

7장 /
짝사랑

지리산에 봄이 왔다. 물이 제일 먼저 봄을 알렸다. 구룡계곡이 풀렸다. 계곡물이 흐르기 시작했고 그 물은 땅을 깨우고 나무를 깨웠다. 아침에 가늘게 물안개가 피어올랐다. 동백은 떠나갈 날을 재촉했고 성급한 산수유가 노란 꽃을 내밀었다. 수련은 창고에 쌓여있던 막사발을 마당에 내놓았다. 지게에 메고 갈수 있게 짚을 대고 묶어서 다시 새끼줄로 동여맸다. 어제 대방객관에서 일꾼을 보낸다는 기별이 왔다. 이 난리통에 막사발을 어디다 쓰는지 알 수 없었다. 점순이는 일꾼들이 온다고 하니 봄바람이 든 것처럼 괜스레 들떠서 덤벙거렸다. 만수 오라비가 그런 점순이를 못마땅하게 여기며 혀를 쯧쯧 찼다.

'언능 시집을 보내버려야지.'

만수가 볼멘소리로 중얼거렸다. 점순이 나이 열아홉이니 좋을 때였다. 점순이는 난리통이고 뭐고 서방 이야기만 나와도 헤헤거렸다. 사실 결혼이 급하기는 수련이 더했다. 수련의 나이 벌써 스물세 살이었다. 혼기를 한참 놓친 것이다. 아비 심재호가 수련을 시집보내려고 매파에게 이런저런 청을 넣어둔 상태였는데 임진년에 난이 터져버렸다. 난리 통에 흐지부지되기도 했지만 수련이 친부모의 사연을 알게 된 이후부터 '나는 절대로 시집가지 않고 아비를 모시고 심청처럼 살 거다.' 고 고집을 부렸다.

"만수 오라비, 누가 오네. 나와 보소."

수련이 창고에 대고 소리쳤다. 만수하고 점순이가 언능 마당으로 나왔다. 심재호도 좁은 방문을 열고 밖으로 나왔다. 창호지가 너덜거리는 방문은 낮고 좁아서 겨우 한 몸 빠져나올 정도였다. 산이 깊고 골이 깊을수록 방문은 작아지고 덩달아 창문도 작아졌다. 그만큼 황토벽은 두꺼워졌다. 계곡을 따라 서너 명이 올라오는 것이 보였다. 앞에 한명이 앞장서고 뒤에 지게를 진 두 사람이 따라왔다.

"부행수 강대길이요."

대길이 웃는 낯으로 심재호에게 인사했다.

"아이고 부행수가 어쩐다고 직접 왔으까."

재호가 대길에게 고개를 숙이자. 수련 만수 점순이도 다소 곳하게 절했다. 대길이 뒤에 서있던 한물도 덩달아 맞절을 했다. 대길이 한물을 앞으로 나오게 하면서 말했다. 입가에 웃음이 가득했다.

"아. 여기는 윤 객주님 양아들 윤한물이요."

수련의 눈이 번쩍거렸다. 대길이 뜸을 들였다.

"다들 이야기 들어서 알지라? 이번에 왜군 대장의 목을 딴 한물장군."

대길이 호들갑스럽게 한물을 추켜세웠다.

"오메, 자네가 한물장군인가?"

재호가 덥석 한물의 손을 잡았다. 한물이 멋쩍은 미소를 보였다. 점순의 눈도 반짝 거렸다. 만수가 뭐라고 한마디 하려는 듯 쭈뼛거렸다. 갑자기 수련이 나서더니 한물에게 인사를 꾸벅했다.

"수련이요. 심수련."

묻지도 않은 이름을 덥석 내뱉었다. 한물이 갑작스런 수련의 인사에 엉거주춤 인사를 했다.

"윤한물이요."

수련이 활짝 웃어보였다. 그런 수련을 대길과 만수가 바라보았다. 그때 점순이 느닷없이 나섰다. 한물에게 머리를 꾸벅 숙여 인사했다.

"나는 점순이요. 나이는 열아홉이요."

한물이 또 당황해서 맞절을 했다.

"한물이요. 나이는 스물이요."

점순이 입을 크게 벌리고 웃었다. 점순이 묻지도 않은 나이를 말하자 전부 뜨악한 표정이 되었다. 그러거나 말거나 점순이는 눈이 한물에게 박혀서 마냥 생글거렸다. 대길이 서둘러 막사발 한 짐을 객군의 지게에 올렸다. 한물도 지게에 막사발 한 짐을 올렸다. 다음 남원 장날에 만수가 윤 객주를 찾아뵙기로 하고 대길이 앞장서서 산을 내려갔다. 수련은 한물이 내려가는 뒷모습을 한참이나 바라보았다. 그런 수련을 지켜보는 만수의 표정이 굳어졌다.

봄바람이 수련의 마음을 흔들어 놓았다. 살랑거리는 봄바람 따라 수련도 마음이 가는대로 움직이기 시작했다. 수련이 안 보던 쪽거울을 들여다보았다. 두껍게 옹이가 생긴 손과 발을 비춰보고는 괜스레 화풀이를 만수에게 했다. 불똥이 점순에게 떨어지기도 하였다. 아침밥을 먹자마자 수련이 곶감 한 접을 바랑에 챙겨 넣고 심 도가를 나섰다.

곶감은 지난 운봉장에 수련이 옹기를 한 짐 지고 나가 바꿔온 것이었다. 점순이 호시탐탐 눈독을 들였지만 수련이 애지중지 하던 곶감이었다. 한물이 대방도관의 무술사범이라고 하였으니 대방도관에 가면 한물을 만날 수 있을 것이라고 수련이 작심을 한 것이었다. 심 도가는 운봉에서도 지리 산으로 깊숙이 들어와서 끝자락인 구룡폭포 밑에 자리 잡고 있었다. 심 도가에서 남원부로 길을 나서는 경우는 거의 없었다. 심 도가에서 운봉 장까지는 이십 리 길이지만 만복사 까지는 오십 리 길이었다. 그것도 심마니들이 겨우 다니는 산길로 험하기가 그지없었다. 자연히 심 도가는 운봉장에 옹기를 내는 경우가 많았고 대방객관이 부르기 전에는 남원부 내에는 잘 나오지 않았다.

수련이 바지로 갈아입고 머리를 묶고 머리띠를 두르고 길을 나섰다. 범이 나온다고 남정네들도 혼자서는 나서지 않는 험한 길이었다. 그만큼 정령치를 넘어와서 용궁을 거쳐 남원으로 가는 길은 험한 산길이었다. 만수가 뭐라고 잔소리를 해도 수련은 한 귀로 듣고 흘렸다. 만수의 입이 댓발 튀어나왔다. 심재호만 혀를 끌끌 찰뿐이었다. 점순이는 '수련이 총 각 귀신에게 홀렸다.'고 투덜거렸다. 만수가 따라나섰지만 수련은 손을 휘휘 저었다. 해지기 전에 넘어오라고 하자 겨우 고개만 끄덕일 뿐이었다.

그러거나 말거나 수련의 발걸음이 가벼웠다. 절로 콧노래 가 나왔다. 나는 듯이 산길을 걸었다. 잠깐 땀 한번 흘렸을 뿐인데 금방 고개 넘어 요천을 만났다. 수련도 만수 오라비 를 따라 몇 번 남원부에 나온 적이 있어서 길이 영 낯설지만

은 않았다. 광한루를 지나자 만복사가 멀리 보였다. 대방도
관은 만복사 옆에 있었다.

　수련이 대방도관에 나타났다. 마당에서는 초희와 소석이
금아에게 본국검을 배우는 중이었다. 한물이 도관에 앉아 뭔
가 들여다보고 있었다.

　"나 좀 보랑께."

　수련이 배에 힘을 주고 말했다. 초희가 쪼르르 달려왔다.
수련이 들은 소문이 있어 윤 객주의 딸내미인 것을 눈치 챘
다. 수련이 초희를 빤히 쳐다보았다. 초희가 수련의 위아래
를 훑었다.

　"어떻게 왔어?"

　대뜸 초희가 하대를 하자 수련의 눈꼬리가 올라갔다.

　"무술을 배우고 싶어 왔는디. 한물장군을 불러주랑께."

　어느 틈엔가 금아와 소석이 다가와서 흥미로운 눈빛으로
수련을 쳐다보았다. 소석은 이미 수련이 몇 번이나 도관에
와서 몰래 한물을 쳐다보고 가는 것을 보았다. 한물이 마당
으로 나왔다. 마당으로 걸어 나오는 한물을 발견한 수련이
초희의 가슴을 쭉 밀었다. 초희는 젖가슴을 찔리자 자기도
모르게 '움찔' 몸이 뒤로 밀렸다. 수련이 '겨우 그 정도야?'
하는 눈빛으로 초희를 쳐다보았다. 일부러 가슴을 쭉 앞으로

내밀면서 한물에게 다가갔다. 한물이 수련을 알아보고 미미하게 웃으면서 인사했다. 수련도 같이 인사했다. 그런 수련을 초희가 못마땅한 표정으로 바라보았다. 한물이 수련을 도관 대청으로 맞이했다.

"무술을 배우고 싶은디. 월사금으로 곶감 한 접이면 되겄소?"

수련이 곶감 한 접을 바랑에서 꺼내놓았다. 수련이 도관 마루에 올라 곶감을 내려놓고 주위를 살피듯이 둘러보았다. 어색한 침묵이 흘렀다. 수련이 물을 한잔 청하여 마셨다. 수련이 물을 한잔 달게 마시자 한물이 물었다.

"뭐 할라고 무술을 배울라고 하신가?"

한참 만에 한물이 웃는 낯으로 수련에게 물었다. 수련이 되물었다.

"저애는 뭐 할라고 무술을 배운당가? 나도 저애랑 똑 같은께."

수련이 초희를 가리키며 대답했다. 한물이 하하하 웃었다. 소석과 금아가 따라 웃었다. 초희는 '저애' 라고 불리자 얼굴이 벌게졌다. 마음속으로 수련을 향해 '저년이!' 욕을 하며 한참 동안 노려봤다.

한물이 말했다.

"대방도관은 여인이라고 무작정 내치지는 않네."

수련은 고개를 끄덕였고 초희는 입이 튀어나왔다.

"허나 아무나 도관에 들이지도 않지?"

이번에는 초희가 흡족해 하며 고개를 끄덕였다. 수련의 얼굴이 굳어졌다.

"저기 걸어놓은 활을 당길 수 있으면 되지."

한물이 활을 가리키면서 말했다. 도관 벽에는 유난히 큰 활이 한 대 걸려있었다. 무과 시험에 사용하는 정량궁이었다. 정량궁은 무게가 여섯 냥이나 되는 무거운 화살을 쏘는 큰 활이었다. 사내들도 당기기가 힘들어서 무과에 낙방하기도 하는 활이었다. 초희의 얼굴이 밝아졌다. 사실 초희도 정량궁 당기기는 쉽지 않았다. 금아가 초희에게 맞는 활을 따로 만들어주었다. 초희는 속으로 '그렇지, 잘 됐다.'고 생각했다. 당연히 수련이 퇴짜를 맞을 거라 생각했다.

수련이 정량궁을 왼손으로 들고 오른손 엄지와 검지로 살짝 당겨보았다. 활이 엄청나게 빡빡했다. 소석이 암깍지를 하나 들고 와서 수련에게 주었다. 소석이 엄지손가락에 암깍지를 끼우고 난 다음 활을 쭉 밀어내면서 수련에게 시범을 보여주었다. 그런 소석의 모습을 수련이 유심히 바라보았다. '아하 그렇게 당기면 되는구나.' 하는 듯이 수련이 고개를 끄덕거렸다. 그러자 초희가 소석에게 입을 삐죽거렸다.

"요 활을 한번 당기기만 하믄 돼요?"

수련이 말하자 한물이 다짐하듯이 대꾸했다.

"진중에 허언은 없제."

수련이 다시 다짐을 받았다.

"딴말하기 없기요."

수련이 암깍지를 끼고 활에 걸었다. 오른손을 단단히 옆구리에 붙이고 길게 심호흡을 했다. 모든 이의 시선이 수련에게 모아졌다. 수련이 왼손을 하늘로 있는 힘껏 밀었다.

"끙–차!"

활이 훅하고 단숨에 휘어졌다.

"이만하믄 됐소?"

수련이 물었다. 모두들 입이 다물어지지 않았다. 소석이 박수를 쳤다. 그러자 금아도 초희의 눈치를 보며 따라서 박수를 쳤다. 특히 초희는 기겁을 했다. 수련이 옹기를 만들 때 얼마나 무거운 흙을 치대고 얼마나 무거운 물레를 돌리는지 미처 알지 못했다. 수련은 단박에 도관 시험에 합격했다. 한물은 문득 자신이 어렸을 때 태조 이성계의 활을 당겼던 일이 생각났다.

다음부터 수련은 오일장이 열릴 때마다 도관에 나왔다. 마지못해 만수가 따라와서 수련이 활 쏘는 것을 지켜보았고 덩달아 대길도 도관에 나와서 그런 수련을 훔쳐보았다. 초희는 처음에는 꿍 하는 표정으로 수련을 보다가 수련이 한물을 좋아한다는 것을 알고 난 다음부터는 금방 친해져서 헤헤거렸다.

가끔씩 처영 스님이 대방도관의 도반들을 교룡산성으로 불렀다. 산 중턱 의승병 훈련장에서 승자총통 쏘는 훈련을 했다. 승자총통에 대나무를 꽂아 들고 심지에 불을 붙여 쏘았다. 정상 부근 공터에서는 말을 타고 활을 쏘는 훈련도 했다. 기사 훈련을 할 때는 세총통을 말안장 밑에 장전해 두었다가 철흠자로 집어 한 발씩 발사하는 훈련도 했다. 훈련장에는 초희와 수련도 나타났다. 초희는 윤 객주가 갓난아이 때부터 말 위에 태우고 다녔기 때문에 말 타기에 능숙했다. 윤 객주는 초희를 앞에 태우고 요천 변을 말로 달려 어떤 때는 하동까지 어떤 때는 여수 좌수영까지 다녀오곤 했었다.
수련도 한사코 말 타기 훈련을 했다. 그런 수련을 한물이 도와주었다. 처음에는 한물이 수련을 앞에 태우고 말 타기 훈련을 시켰다. 수련도 금방 말 타기에 익숙해졌다. 훈련을 마치고 나면 사내들은 계곡에 들어가 훌러덩 벗고 목욕을 했다. 수련은 한물의 벗은 몸을 홀린 듯이 보고 갔다. 몰래 훔쳐보다 승려들에게 여러 번 들켰다. 그때마다 수련은 오히려 당당하게 사내들의 벗은 몸을 빤히 쳐다봐서 승려들을 당황스럽게 했다. 승려들은 몸을 돌리고 꽥 소리를 질렀고 수련은 헤헤거렸다. 처영은 그런 수련을 바라보며 '인연이로다.' 만 중얼거렸다.

한번은 여름에 수련이 불쑥 한물에게 부채를 내밀었다. 운봉 장에서 사온 부채에 수련이 직접 글을 썼다. 한물에게 주기 전에 수련이 처영 스님에게 제대로 썼는지 보아주라 하였다. 처영은 그런 수련을 지켜보며 웃기만 했다.

'옛적에 한 여자가 있으되 일신이 갖은 병신이라. 나이 사십이 넘도록 출가出嫁치 못하여 그저 처녀로 있으니, 옥빈홍안玉鬢紅顔이 스스로 늙어가고 설화부용雪花膚蓉이 공연히 없어지니 설움이 골수에 맺히고 분함이 심중心中에 가득하여 미친 듯 취한 듯 좌불안석坐不安席하여 세월을 보내더니 일일一日은 가만히 탄식 왈曰, 하늘이 음양을 내시매 다 각기 정定함이 있거늘 나는 어찌하여 이러한고. 섧기도 측량測量없고 분하기도 그지없네. 이처로 방황하더니 문득 노래를 지어 화창話唱하니 갈왔으되'

부채에 쓰인 시를 보고 소석은 낄낄거리며 웃고 초희도 덩달아 한물을 놀렸다. 글자를 모르는 백이는 소석이 읽어주자 배꼽을 잡고 땅바닥에서 데굴데굴 굴렀다. 금아 마저 '중생 구제 하는 것이 보살의 길이거늘' 하면서 한물을 놀렸다. 한물은 마냥 허허 거리기만 했다. 그래도 어쩐 일인지 그 해 여름 내내 수련이 선물한 부채를 풀풀거렸다.

해가 바뀌었다. 난리가 터진지도 벌써 삼년이 지났다. 왜 군은 멀리 경상도 해안으로 철수하였고 어쩌면 전쟁이 끝나가는 것 같기도 했다. 지리산에 삼년 만에 폭설이 내렸다. 눈이 쌓여 하늘을 가늠할 수 없게 되었다. 그해 겨울 끝머리에 갑자기 만수가 몸져누웠다. 지금까지 단 한 번도 아파본 적이 없던 강골이었는데 이유 없이 시름거리더니 급기야 자리보전하고 누워버렸다. 수련이 아비와 같이 방을 쓰는 안방에 군불을 때주기도 하고 눈길을 뚫고 운봉 장에 나가 장 닭을 한 마리 사다가 산삼 넣고 고아 먹이기까지 했건만 차도가 없었다.

걱정이 커진 재호가 급기야 남원에 직접 나가 최 의원을 모셔왔다. 최 의원은 맥을 한번 집더니 금세 만수의 병을 알아차렸다. 상사병이었다. 탕약을 한재 지어주고 재호와 이야기하더니 금방 가버렸다. 만수와 재호가 따로 방문을 걸어 잠그고 소곤소곤 긴 이야기를 했다. 다음날 만수가 툴툴 털고 일어났다. 물안개처럼 풀어졌던 만수의 눈빛이 겨울 햇살처럼 쓸쓸히 깊어져 있었다. 아직 봄이 멀었건만 아비와 같이 방을 한 칸 만들기 시작했다. 가마 옆에 별채로 방 한 칸짜리 움집을 만들었다. 수련이 '뭐 하러 방을 만드요?' 물었지만 재호도 만수도 묵묵부답으로 집을 짓기만 했다. 눈이 녹기 시작하자 뚝딱 그럴싸한 집이 만들어졌다. 지리산에 이른 매화가 피기 시작했다.

"뭐시라고라!"

점순이 깜짝 놀라서 재호에게 대들었다.

"아따 이런 경우가 어디 있다요? 워메 넘사스런거."

점순이 얼굴을 붉혔다. 수련도 깜짝 놀라 입이 다물어지지 않았다. 그러나 만수는 덤덤한 표정이었다. 이미 아비 재호하고 이야기가 끝난 모양이었다.

"내 말대로 그렇게 해라."

재호가 말을 마치고 일어나자 만수도 따라 일어났다. 재호가 점순에게 '만수하고 혼인하라.' 고 말한 것이었다. 물론 점순하고 만수는 피 한 방울 섞이지 않은 남남이기는 했다. 그것은 만수도 점순도 알고 있는 사실이다. 둘 다 혼기가 꽉 찬 것도 맞았다. 그래도 지금까지 점순이는 물론이고 만수조차 단 한 번도 남매지간을 의심하지 않았었다. 점순의 마음에도 만수가 아닌 다른 사람이 들어와 있었다. 점순은 만수와 한 이불 덮고 자는 것을 상상해 보았다. 고개가 절레절레 흔들어졌다.

작년 언젠가부터 만수의 가슴앓이가 시작됐던 것이 문제였다. 점순도 그런 오라비의 가슴앓이를 안타깝게 바라보았다. 수련을 향한 만수의 가슴앓이를 오직 수련만이 몰랐다.

눈치 없이 한 사내에게 푹 빠져 있어서 눈치 채지 못한 것이
었다.

그날 밤 점순의 고민이 깊어졌다. 뜬 눈으로 잠을 이루지
못했다. 가늘게 코를 골며 자고 있는 수련을 한참 내려다보
았다. 점순이 눈물을 뚝뚝 떨구었다. 새벽닭이 우는 것 같았
다. 점순이 수련의 귀에 대고 조용히 물었다.

"성님, 한물 도령이 그렇게 좋은가?"

수련은 잠결에 무슨 소리인가 했다. 돌아 누워보니 점순이
퉁퉁 부은 눈으로 수련을 보고 있었다. 아마 한숨도 자지 못
한 것 같았다. 수련이 일어나서 점순을 가만히 안았다. 점순
이 혼잣말처럼 수련에게 말했다.

"성님, 시방부터는 내가 성님할라네."

만수와 점순의 혼인날 하객은 없었다. 마당에 덕석 한 장
을 깔고 차양을 쳤다. 덕석 상석에 재호가 앉았다. 재호 앞에
는 개다리소반에 탁주 한 사발이 놓였다. 어디서 구했는지
꿩을 넣은 떡국 한 그릇이 놓였고 멧돼지 고기가 한 접시 상
에 올라왔다. 수련이 점순을 거들었다. 난리 통이라 신랑은
사모관대를 입지 않았고 기러기아범도 없었고 사주단자를
들이지도 않았고 초례청도 없었다. 신부도 연지곤지도 찍지
않았고 모두 생략되었다. 그래도 점순은 좋아서 헤헤거렸다.

점순과 만수가 마주보고 서서 서로 맞절을 했다. 그렇게 점
순과 만수는 새로 지은 집의 주인이 되었고 열 달 만에 아들
을 낳았다. 그렇게 만수와 수련은 다시 예전의 오누이 사이
로 돌아갔다.

8장

혼인婚姻

"아야!"

수련이 교룡산성 훈련장에서 무술수련을 마치고 내려오는 길에 갑자기 눈길에서 꽈당 넘어졌다.

"아야야, 아이고야, 다리가 부러졌는갑다."

수련이 발목을 부여잡고 엄살을 부렸다. 소석이 잽싸게 수련의 발목을 살펴보더니

"아이고야, 발목이 부러졌네. 못 걸어가겠네. 누가 업어줘야겠네."

하고는 잽싸게 앞장서 가자 그것을 눈치 챈 금아와 초희도 한물하고 수련만 남겨두고 종종걸음으로 앞서 가버렸다. 수련은 계속 엄살을 부렸다. '아이고 아퍼라.' 연신 신음소리를

냈다. 한물이 수련의 낌새를 알아차리고 미소를 지었다. 지난 달 교룡산성에서 수련을 마치고 내려오다 초희가 눈길에 넘어져서 엄살을 부렸고 금아가 초희를 업어서 도관까지 데려갔었다. 초희는 괜히 신나서 금아의 등 뒤에서 쫑알거렸고 수련은 그런 초희를 흘겨보며 '아니 말만한 년이 어찌게 총각한테 업혀간다냐.' 궁시렁대면서도 부러운 듯이 쳐다보았었다.

"어디보세. 얼마나 다쳤나?"

한물이 수련의 바지를 들치고 버선을 벗겼다.

"옴메, 이것이 뭐시여? 남녀가 유별한데 아니 총각이 시집도 안간 처녀 발목을 잡네."

수련이 질색을 하고 잽싸게 다리를 숨겼다. 사실 수련의 발은 발목이 굵고 발바닥에 군살이 붙어서 누구에게도 보이고 싶지 않은 부위였다. 그러거나 말거나 한물은 수련의 다리를 우악스럽게 잡아들고 버선을 벗겼다. 그리고는 발을 조심스럽게 조물조물했다. '발은 괜찮은 것 같은디.' 한물이 중얼거렸다. 수련은 당황하여 얼굴이 벌게져서 아무 소리도 하지 못했다. 한물이 말했다.

"아따, 이쁜 발에 버선이 옹색하네. 내가 담에 이쁜 꽃버선 하나 선물해야 쓰겄네."

수련이 급히 버선을 신으며 중얼댔다.

"오메, 이것이 뭔 일이여?"

한물이 대답했다.

"뭔 일은 뭔 일? 내가 책임지믄 되제."

한물이 그렇게 말하고는 등을 대자 수련이 넙죽 그 등에 올라탔다. 한물의 등은 어릴 적 가마 옆에서 밤새도록 불을 보면서 수련을 업어주던 재호의 등처럼 포근했다. 수련의 봉긋한 가슴이 한물의 등짝에 느껴졌다. 용천사에서 도관까지 한물은 수련을 업고 나는 듯이 걸어왔다. 초희가 그런 한물을 쳐다보며 '알나리깔나리' 하고 놀렸지만 한물은 뻔뻔했고 수련도 한물의 등에서 내려 올 생각을 안했다. 도관에 가까워지자 수련이 한물에게 은근히 물었다.

"언제 꽃버선 사줄란가?"

한물이 대답했다.

"꽃 피는 봄이 오면 사줄라네."

수련이 한물의 등짝을 짝 소리 나게 때렸다.

"아따, 그러다 노처녀 늙어 뒤지겄다."

수련이 한물의 등짝을 사정없이 꼬집었다. '하하하' 웃음소리가 만복사를 돌아나갔다. 그렇게 겨울이 지나갔다.

이듬해 봄이 오자 윤 객주가 사주단자를 심재호에게 보내왔고 재호는 단오 무렵으로 혼인 날짜를 정해 보냈다. 수련은 얼굴이 훤해져서 괜히 헤헤거리고 다녔고 넋을 놓고 생각에 빠지기도 했다. 만수와 점순은 그런 수련을 눈꼴 사나워했다.

어느 날 수련이 '아, 그렇지!' 하고 무릎을 탁 쳤다. 그때부터 수련은 번질나게 대방객관에 드나들더니 언제부터인가는 방에 쳐 박혀서 무언가를 깎고 다듬기 시작했다. 나중에 알고 보니 한물 몰래 윤 객주에게 부탁하여 유구에서 상인이 가져온 상아를 구했다고 했다. 그러다가 점순이 아들 백일이 되었다. 수련은 은밀히 한물에게 첫 조카의 백일임을 흘렸다.

재호는 손주 이름을 막돌이라 지었다. 점순이는 이름이 촌스럽다고 말했다. 그러고서 점순은 아들의 이름을 대평大平이라 지었다. '크게 평정하라.'는 뜻이라고 했다. 만수는 상놈의 이름이 그게 뭐냐고 타박을 했고 점순은 어디서 들었는지 '왕후장상의 씨가 따로 있더냐?'고 만수를 타박했다. 점순이는 아들을 일국의 제후로 만들겠다고 기염을 토했다. 만수는 고개를 설레설레 흔들었다. 소식을 전해들은 한물이 얼씨구나 하고 백일을 핑계대고 심도가로 찾아왔다.

'아이고 우리 사위 왔는가!'하고 재호가 한물을 방으로 들였다. 점순이 탁배기를 옹기에 담아 내 놓았다. 그래도 손주의 백일이라고 그 난리 통에도 닭을 한 마리 잡았는지 술안

주로 닭다리가 있었다. 수련은 한물 옆에 바짝 붙어 앉아 아무리 점순이 눈치를 줘도 꼼짝도 안 했다. 한물이 선물꾸러미를 풀었다. 장인 재호에게는 잠방이 한 벌이 돌아갔고 처남 만수에게는 패랭이가 들려졌고 처남댁 점순에게는 대월국에서 왔다는 노리개가 전해졌다. 점순의 눈이 화등잔만큼 커진 것은 두말할 나위가 없었다. 점순이 노리개를 들고 어쩔 줄을 몰라 했다.

마지막에 한물이 수련의 선물을 슬그머니 내 놓았다. 수련이 못 이기는 척하고 풀어보니 꽃버선 두 짝이 있었다. 한 짝에는 버선코와 버선목에 국화가 수놓아져 있었고 한 짝은 원앙 한 쌍이 화려하게 수놓아진 비단 버선이었다. 명국에서 들여왔는데 남원 기생들이 신는다는 버선이라고 했다. 수련의 입이 찢어질 듯이 벌어졌다. 당장 수련의 방으로 들어가더니 원앙이 그려진 버선을 신고 나왔다.

"어쩌? 황진이 같은가?"

수련이 한물에게 뽐내며 물었다. 그러자 점순이가 시샘을 하고 말했다.

"어이 올케. 버선 한 짝은 동서 형님한테 상납하소."

점순은 어떤 때는 손위 동서 행세를 했지만 평소에는 늘 습관대로 수련한테 '성님 성님' 했다. 오늘은 골이 나서 손위 동서 행세를 할 모양이었다. 그러나 수련에게는 씨알도 안

먹힐 소리였다. '다음에 버선을 선물하겠다.'는 말을 한물에게 듣고 나서야 점순이 화가 풀려서 헤헤거렸다.

해가 뉘엿뉘엿하자 한물이 돌아가겠다고 일어섰다. 수련이 쪼르르 마중나간다고 따라나섰다. 고개 마루에 오르자 멀리 구룡폭포 물 떨어지는 소리가 아스라하게 들렸다. 점순과 수련이 늘 소원 비는 돌무덤에 오자 수련이 주섬주섬 주머니를 뒤져서 한물의 손을 잡더니 뭔가를 엄지에 끼웠다. 상아로 깎은 숫깍지였다. 안성맞춤으로 한물의 손가락에 딱 맞았다. 도관에서 활쏘기를 할 때 수련이 한물의 숫깍지를 유심히 보고 만져보았던 것이다. 한물이 숫깍지를 돌려보니 연蓮이라고 음각되어 있었다.

"내 것도 있네."

수련이 빙글 웃으면서 암깍지를 꺼내 수련의 엄지에 끼웠다. 거기에도 연蓮이라고 음각되어 있었다. 수련은 이걸 깎고 다듬느라고 지난 몇 달을 낑낑댔던 것이었다. 한물이 수련을 살포시 안았다. 수련이 한물을 힘껏 껴안았다.

"언제 데려 갈 꺼여?"

수련이 조잘거렸다. 지리산으로 해가 넘어갔다.

*

"한물아, 아니여! 오해여!"

한물이 칼을 뽑아들고 달려들자 강대길이 당황하여 말했다. 수련이 단오 날 광한루에 놀러 나와 그네를 타고 해가 뉘엿해져 집으로 돌아갔다. 그날은 만수도 없이 혼자 나왔다가는 길이라 험한 산길이 은근히 걱정되기도 했고 한물이 수련에게 주려고 사 둔 은비녀가 생각나서 뒤를 쫓아 급히 말을 달려 용궁으로 접어들었을 때 갑자기 멀리서 여인네의 비명소리가 들렸다. '아악' 하는 소리가 들렸고 '이놈아 저리 가라.' 하는 소리가 들렸다.

고개를 오르자. 치마가 찢어진 채로 수련이 넘어져 있었고 대길이 그런 수련을 덮치려고 하였다. 순간 한물의 피가 거꾸로 솟았다. '저놈이!' 평소에도 대길이 수련을 바라보는 눈빛이 예사롭지 않다고 느끼던 참이었다. 양아버지 윤 객주가 부행수로 삼을 만큼 신임하던 놈이고 나이 차이가 많이 나서 참고 있었던 터인데 이놈이 이렇게까지 수련에게 음심을 품을 줄은 미처 알지 못했다.

"저놈이 내 뒤를 밟아왔네."

수련이 한물을 보자 울먹이며 말했다. 그곳은 심마니들이나 다니는 험산 산길로 아무나 올 수 있는 길이 아니었다. 한물의 생각이 여기에 미치자 울컥 살의가 올라왔다.

"아니여. 나를 못 믿어? 그게 아니고…"

대길이 말을 더듬었다. 대길의 얼굴에 당혹스러운 표정이
역력했다. 대길이 비겁하게 무릎을 꿇고 한물을 빤히 쳐다보
았다. 그 얼굴이 역겨워서 견딜 수가 없었다. 한물이 칼을 휘
둘렀다. 차마 목을 칠 수는 없었다. 칼날은 대길의 얼굴을 스
쳐 지났다. 한 치만 더 깊었어도 목이 달아났을 것이었다.

"아악!"

대길이 얼굴을 감쌌다. 피가 쏟아졌다. 수련이 치마를 주
섬주섬 챙겼다. 다리를 다쳐 일어나지 못했다.

"가라. 다시는 얼굴 보기 싫다."

한물이 수련을 번쩍 들어 말에 태우고 급히 최 의원에게
갔다. 다리가 부러지지는 않았지만 심하게 접질려서 침을 맞
아야했다. 소석이 이야기를 전해 듣고 화가 나서 윤 객주에
게 고했고 윤 객주가 노발대발하여 대길과 그 아비를 객관
으로 잡아들였고 객관의 법도에 따라 대길의 손목을 자르라
고 말했다. 대길은 윤 객주에게 '억울합니다. 아니요. 억울합
니다.' 고 하소연을 했으나 윤 객주는 화를 풀지 않았다. 대
길은 '믿어 주랑께요.' 하면서 윤 객주에게 매달렸다. 대길의
아비가 자신이 대신 손목을 자르겠으니 자식은 살려달라고
애걸했다. 한물은 침묵을 지켰다. 대길이 윤 객주와 한물을

번갈아보며 '억울하다,' '오해다.' 고 항변했다.

윤 객주는 대길에게 곤장 백대를 치라고 명했다. 곤장 백대를 맞으면 살아남을 자는 없었다. 대길의 아비가 '곤장 오십대를 대신 맞겠다.'고 윤 객주에게 간청하였다. '제발 아들만은 살려 달라.' 고 애원했다. 그 눈빛이 애절하였다. 윤 객주가 대길과 아비에게 곤장을 오십대씩 치게 했다. 곤장에 맞아 곤죽이 된 애비를 업고 나가는 대길의 눈빛이 윤 객주를 죽일 듯이 쳐다보았다.

곤장을 맞은 대길의 아비가 장독에 올라 허망하게 죽어버렸다. 강대길이 죽은 아비를 지게에 매고 동헌에 나가 남원부사에게 말했다. "사사로이 곤장을 쳐 아비를 죽인 윤 객주를 죽여 달라." 고 하소연했다. 남원부사는 오히려 강대길에게 곤장을 쳤다. 처자를 강간하려 한 죄를 물은 것이다. 강대길은 며칠을 앓은 뒤 아비의 시체와 집을 불태우고 남원에서 사라졌다. 흉흉한 소문이 돌아 마을이 뒤숭숭해지기 시작했다. 그 일이 있고나서 윤 객주가 갑자기 한물의 혼인을 서둘렀다.

*

"에헤라, 물렀거라."

멀리 심도가가 보이기 시작하자 백이가 갑자기 큰 소리를 내기 시작했다. 백이가 기러기를 들고 앞장섰다. 백이는 이제 좌수영에서 군역을 마치고 남원으로 돌아왔다. 어디서 구했는지 포졸 복장을 한 백이가 기러기 한 쌍을 양 어깨에 하나씩 끼고 팔자걸음으로 걸어갔다. 그 뒤로는 초희와 소석이 청사초롱을 하나씩 들었고 그 뒤에 사모관대를 한 한물이 걷고 맨 뒤로 봉짐을 진 금아와 윤 객주가 딸려 보낸 객군 둘이 짐을 지고 따라왔다. 이틀 전에 윤 객주가 이미 객군 둘을 심도가에 보내 신부가 입을 옷이며 패물이며 혼수 음식을 미리 보냈다. 심 도가에는 하객이라고는 교룡사 학승 성철하고 운봉장에서 올라온 옹기장수 장씨가 전부였다. 그래도 가마터 마당에 차양을 하나 치고 제법 전 부치는 기름 냄새가 솔솔 풍겨왔다. 안방에는 이제 돌을 바라보는 손주 대평이가 기어 다니고 있었다.

마당 한 가운데 초례상이 차려졌다. 양쪽에 귀한 화촉을 밝혔고 소나무와 대나무 가지 사이에 청실홍실이 주렁주렁 매달렸다. 밤이며 대추며 밥과 쌀이 놓였고 보자기에는 암탉이 한 마리 버둥거리고 있었다. 한물이 기러기 한 쌍을 백이에게서 받아들고 마당으로 들어왔다. 초례청 옆에 멍석을 한 장 깔고 점순이 '에헴' 하고 앉았다. 장모가 없으니 점순이 장모 대신 기러기를 받을 모양이었다. 한물이 장모 대신 점순에게 절하고 기러기 한 쌍을 건네자 점순이가 눈물을 글썽이며 기러기를 받아서 머리를 돌려놓았다.

이제 한물은 심씨네 사위가 된 것이었다. 한물이 초례청에 서자 어느새 점순이 들러리를 서고 수련이 초례청으로 들어왔다. 사모관대를 한 한물도 멋져보였지만 수련의 모습은 너무나 달라보였다. 초희가 수련의 달라진 모습을 보고 깜짝 놀랐고 한물은 벌어진 입을 다물지 못했다. 붉은 활옷에 색동 깃을 달았고 화관을 쓰고 긴 옥비녀에 댕기가 두 가닥 앞으로 늘어졌고 입술과 볼에 붉은 연지를 찍고 이마에 곤지를 찍었다. 하얀 얼굴에 붉은 입술이 지금까지 본 수련의 모습이 아니었다. '아이고 신부 이쁘다.' 백이가 너스레를 떨었다. 소석과 금아도 벌어진 입을 다물지 못했다.

옹기장수 장씨가 신랑 신부를 마주보게 했다. 신랑 신부가 마주보고 동시에 두 번 절했다. 술 한 잔을 반씩 서로 나누어 마시고 둘로 쪼갠 표주박의 술을 서로 한 잔씩 마셨다. 그렇게 둘이 부부가 되었다. 재호는 차마 수련이 절하는 것을 보지 못하고 술 한 잔 마시면서 눈물을 참느라고 하늘을 쳐다보며 눈만 끔벅끔벅했다. 만수도 덩달아 눈물을 글썽거렸다.

한물과 수련이 재호에게 큰 절을 했다. 재호는 수련이 절할 때 미월이 사뿐사뿐 걸어와서 '고맙습니다.' 하면서 자신에게 절하는 것 같은 환상을 보았다. 재호는 미월과의 약속을 지켰다는 생각을 하며 안도의 한숨을 내쉬었다.

"아따, 이 좋은 날 이것이 뭐시여. 자 한잔 먹드라고."

소석이 분위기를 잡았고 이때 초희가 아리랑을 한 곡조 뽑았다.

'오늘이 오늘이소서. 매일이 오늘이소서. 저물지도 새지도 마시고, 새나마 주야장상에 오늘이소서.'

초희의 소리가 지리산 구룡계곡에 낭랑하게 울렸다. 초희의 노래 부르는 모습을 처음 본 금아가 깜짝 놀라 쳐다보았다. 초희의 노래가 이어졌고 백이가 얼쑤 추임새를 넣었다. 점순이 덩달아 덩실덩실 어깨춤을 추었다. 그러자 학승 성철이 벌떡 일어나 '아 이렇게 좋은 날 한판 안 놀 수가 없구나.' 하면서 마당에 나서서 승무를 너울너울 추었다. 화톳불도 너울너울 춤을 췄다. 구룡계곡에 사는 곰이 뭔 일인가? 하고 심도가를 어슬렁거렸다. 모처럼만에 지리산에 노랫소리와 웃음소리가 가득했다. 그 소리에 놀라 장끼가 푸드덕 날아갔다.

수련이 살던 방에 신방이 차려졌다. 합환주를 담은 술상이 소반에 놓여있고 화촉이 넘실거렸다. 이제 제법 밤이 깊었다. 재호가 신랑신부를 그윽하게 바라보다가 상자에 싼 종이를 풀어서 찻잔을 한 쌍 내어 놓았다.

"이제는 너희에게 이 찻잔을 물려줄 때가 되었구나."

재호가 수련에게 찻잔 한 쌍에 얽힌 이야기를 들려주었다. 언젠가 재호가 정성을 다해 만들었던 그 찻잔이었다. 어느 날 수련 앞에 홀연히 나타났다 허무하게 헤어졌던 아비와 어미가 가져갔던 그 찻잔이었다. 찻잔 바닥에 연蓮이 새겨져 있던 그 찻잔이었다. 미월이 수련에게 남긴 마지막 말도 수련에게 전했다. 어미의 본래 이름이 미월이 아니고 송연인 줄도 알게 되었다. 수련이 찻잔을 받고 숨죽여 울었다. '아버지 키워주셔서 감사합니다.' 하고 수련이 다시 재호에게 절했다. 한물도 덩달아 재호에게 절했다. 한물과 수련이 찻잔을 한 개씩 나누어 가졌다. 재호가 신방을 나갔다. 이제나 저제나 신방에 불 꺼지기를 기다리던 백이와 소석이 창호지에 구멍을 뚫기 시작했다. 수련과 한물이 술을 한잔씩 나눠 마시고 한참을 소곤소곤 이야기했다.

"뭐여? 아따 성님, 한물 성님은 첫날밤에 어찌게 하는지 모르는 거 아니요?"

기다리다 지친 백이가 창호지 구멍으로 신방을 살피다가 괜한 역성을 소석에게 부렸다. 소석은 허허 웃기만 했다. 그러거나 말거나 한물과 수련의 이야기는 밤 깊은 줄도 모르고 계속되었다. 그렇게 지리산의 밤이 깊어갔다.

　다음날 수련과 한물은 객관으로 왔다. 수련과 한물이 윤 객주에게 큰 절을 했다. 윤 객주는 마음 같아서는 한물의 혼인잔치를 해주고 싶었으나 난리 통이라 눈치가 보여 간단하게 폐백만 드리고 대방도관에 차린 신방으로 보냈다. 원래는 한원영과 유빈이 쓰던 도관에 딸린 안채였는데 기축년 이후로는 쓰지 않고 비워둔 방이었다. 이제는 한물이 대방도관 사범이 되기도 했으니 윤 객주가 사람을 보내 깨끗이 청소하고 도배까지 새로 한 다음에 신방으로 꾸민 것이었다. 그렇게 한물과 수련의 신혼살이가 시작되었다. 얼마 지나지 않아서 '아후, 나도 시집이나 가야 쓰겠네.' 하고 초희가 노골적으로 투덜거리는 소리가 안방에까지 들렸다. 훈련 때 빼놓고 남은 시간에 뭘 하는지? 수련과 한물은 안채 방에서 나오지 않았다.

9장 /

역천逆天

대방도관에 달이 두둥실 떠올랐다. 도관 담을 빙 둘러친 배롱나무 분홍 꽃이 달빛을 받아 검붉게 보였다. 한물이 목검을 들고 마당에 나서자 수련도 한물의 뒤를 따라 마당으로 나왔다. 한물이 발을 어깨넓이 정도로 벌리고 왼쪽 어깨에 칼을 올리며 말했다.

"지검대적세持劍對賊勢"

수련이 머뭇거리자 한물이 수련의 머리를 목검으로 톡 때렸다. '아야!' 수련이 아픈 소리를 냈다. '큰소리로 따라하라.' 한물이 엄숙하게 말했다. 수련이 혀를 날름거렸다. 한물이 다시 시범을 보였다.

"지검대적세持劍對賊勢"

수련이 큰 소리로 따라했다. 수련의 목소리가 어찌나 컸던지 도관이 쩌렁했다. 한물이 그런 수련을 보면서 실실 웃었다. 담 위에는 어느 틈엔가 초희와 금아가 나란히 앉아서 그런 모습을 질투의 눈으로 바라보았다.

"진전격적세進前擊賊勢"

한물이 빙글 돌아 오른발을 내밀면서 칼을 내리쳤다. 수련이 따라한다고 빙글 돌아 칼을 치다가 꽈당 넘어졌다.

"아이고 본국검이 사람 잡겄네."

언제 왔는지 백이가 도관으로 들어섰다. 땅딸한 몸이 축지법을 쓰듯이 '스윽' 하고 마당으로 날아왔다. '스르륵' 진검을 뽑아들고 마당에 나섰다. 초희와 금아도 어느 틈에 마당으로 내려와 목검을 들고 한물 옆에 나란히 섰다.

'서방하고 나하고 둘이서만 노는 꼴을 못 본다니까.'

수련이 혼잣말을 하면서 뾰로통해졌다. 수련은 서너 걸음 뒤에 섰다.

"금계독립세金鷄獨立勢"

백이가 크게 외치자 한물과 초희와 금아가 한 몸이 되어 초식을 시전했다.

"금계독립세金鷄獨立勢"

수련은 동작은 신경도 쓰지 않고 대충 따라했지만 목소리

는 쩌렁쩌렁 울렸다. 일제히 폭소가 터졌다. 수련은 웃거나
말거나 신경 쓰지 않았다.

"후일격세後一擊勢"

초희가 카랑한 목소리로 외치며 번쩍 튀어 올라 쾅하고 칼
을 내리쳤다.

"후일격세後一擊勢"

수련이 야무지게 따라했다. 그렇게 칼로 그리는 군무가 시
작되었다. 백이의 올려쳐가는 칼날에 하늘이 갈라지는 것 같
았다. 검이 그리는 곡선이 아름다웠다. 백이의 칼에 보름달
이 잠깐 둘로 잘렸다가 이내 합쳐졌다. 그때마다 하늘이 깜
박거렸다. 금아의 칼은 묵직했고 초희의 칼은 날렵했다. 한
물의 칼은 유연했다. 수련은 보이는 대로 느낌가는 대로 따
라했다. 달은 높고 바람은 살랑거렸다. 바람 없는 달에 배롱
꽃이 흩날리는 것 같은 착각이 들었다. 본국검이 한 번 돌고
두 번째 들어가자 수련은 벌써 초식을 기억하고 그럴싸하게
따라 하기 시작했다. 한물이 수련에게 엄지를 척 올리자 초
희가 눈꼴 시려하며 고개를 저었다. 그렇게 본국검이 몇 번
돌자 수련은 땀에 흠씬 젖었다. 수련이 꾀를 냈다.

"아이고 본국검은 시시하네. 칼춤은 그만 추고 활쏘기 시
합이나 하세."

"좋제. 한번 해 보드라고."

어느 틈엔가 소석이 마당으로 들어오면서 거들었다. 수련이 감히 초희에게 도전했다. 초희는 활쏘기에 자신이 있어서인지 냉큼 허락했다. 초희는 다섯 발을 쏘고 수련은 열 발을 쏘아서 누가 많이 관중하는지 내기를 했다. 그만큼 초희는 활쏘기에 자신이 있었다.

"내가 이기면 나를 성님이라고 부르소."

초희가 수련에게 뻐기듯이 물었다.

"남아일언은 중천금이여."

수련이 큰 소리로 대답했다. 수련과 초희가 나란히 사대에 올랐다. 소석이 잽싸게 과녁으로 달려갔다. 초희가 먼저 화살을 날렸다.

"관중이요"

소석이 사대 옆에서 빨간 깃발을 휘휘 돌렸다. 초희가 어깨를 으쓱했다. 금아가 박수를 쳤다. 수련이 활을 날렸다. 과녁에 한 참 못 미쳤다. 초희가 다음 활을 날렸다.

"관중이요."

초희의 화살은 연신 과녁의 중앙에 박혔다. 초희는 다섯 발을 다 명중시켰고 수련은 다섯 번째 돼서야 겨우 한 발을 명중시켰다. 초희가 사대에서 내려왔다. 싱거운 승부가 돼버렸다. 그러자 한물이 사대에 올라가 수련에게 뭐라고 소곤소곤 말했다. 그리고는 수련이 얼굴을 마주보고 두 손을 불끈

쥐어보였다. 수련이 그런 한물을 마주보고 '아자!' 했다. 초희가 혀를 끌끌 찼다.

"관중이요."

여섯 번째 화살이 명중했다. '만세' 하고 한물이 두 팔을 들어 올렸고 백이도 손이 같이 올라갈 뻔했다가 초희의 눈치를 보고 슬그머니 내려놓았다. 다시 수련이 심호흡을 하고 신중하게 활을 당겼다.

"관중이요."

"관중이요."

"관중이요."

수련이 연거푸 다섯 발을 명중시켰다. 초희의 얼굴빛이 흙빛이 되었다. '관중이요.'를 외치는 소석의 목소리에 괜히 흥이 올랐다. 백이는 대 놓고 한물과 같이 만세를 불렀고 금아는 초희의 눈치를 슬슬 보며 외면했다. 수련이 마지막 화살을 날렸다. 화살이 과녁을 지나쳐서 넘어가 버렸다. '아자!' 초희가 쾌재를 불렀고 마지못해 금아는 만세를 한물과 백이는 탄식을 했다.

"비겼네. 내가 계속 성님은 맞제?"

수련이 벙글거렸다. 초희는 수련이 마지막 발을 일부러 안맞춘 것 같아서 자존심이 상했지만 내색을 하지 않았다. 소석과 백이가 일제히 효시를 하늘로 쏘아 올렸다.

'피이리리링 - '

화살이 보름달을 맞추었다. 그렇게 만복사 옆 대방도관의 밤이 깊어갔다.

*

혼례가 끝나고 석 달 만에 만수와 점순이 대방도관에 수련을 만나러 왔다. 아들 대평이는 할아비 재호가 대신 봐주기로 하고 점순이는 모처럼 남원에 만수를 따라서 나들이 나온 것이었다. 점순이는 시장 구경에 정신이 없었다. 장마당마다 아는 체하고 물건 흥정을 했다. 기생방도 기웃거리고 주막에서는 주모랑 희희덕대며 허튼 소리를 나불거렸다. 급기야 만수가 역정을 내자 겨우 만복사 쪽으로 발길을 돌렸다.

수련이 맨발로 뛰어나와 반갑게 만수와 점순을 맞았다. 한물은 용천사에 가고 없었다. 신방에 앉아 수련이 차려온 밥을 먹고 한참 수다를 떨었다. 그러다 점순이 뭔가를 본 듯 놀라는 표정을 지었다. 그런 점순의 표정을 한 번도 본적이 없었다. 얼굴빛이 하얗게 변했다. 만수가 점순의 등을 쓸었다. '밥 먹다 체했어?' 그래도 얼굴빛이 안 바뀌자. 점순의 등을 살살 두드렸다. 그러자 점순의 얼굴에 혈기가 돌아왔다. 점순이 수련에게 정색을 하고 말했다.

"성님, 내 말을 새겨들으쇼."

수련은 뭔 소리인가 하고 들었다.

"여기는 터가 안 좋소. 이사를 가야 쓰겠네. 성님 여기는
아기가 안 생기는 터여."

점순이 수련에게 심각한 얼굴로 말했다. 수련은 한 귀로
듣고 흘려버렸다. 그래도 뭔가 꺼림칙하여 점순이 돌아가고
나서 한물에게 점순이 한 이야기를 했다. 한물은 심각하게
그 이야기를 들었다. 추석이 지나자 한물이 윤 객주를 찾아
가 의논했다. 윤 객주가 한물의 신혼집을 만복사 옆 다른 살
림집으로 옮겨주었다. 그 살림집은 미월과 여립이 한 달 동
안 살았던 그 집이었다. 새로 이사한 신혼집에서 수련이 임
신을 하였다.

*

한물이 용천사를 지나쳐 덕밀암으로 길을 잡았다. 갑자기
보주스님이 덕밀암에서 '처영 스님이 찾는다.'는 전갈을 가
져 온 것이었다. 무술 수련을 하느라 교룡산을 헤집고 다녀
서 덕밀암을 모르는 바는 아니지만 한 번도 덕밀암 안으로

들어가 본 적은 없었다. 이미 해가 떨어져서 깜깜한 밤길이지만 보름에 조금 못 미친 달이 올라 있어 달리기에 어렵지 않았다. 덕밀암에 들어서자 암자에 등잔불이 밝혀져 있었다. 댓돌에 신발이 세 켤레 있었다. 그 중에 한 켤레는 익숙한 가죽신이었다.

"큰 스님, 한물입니다."

"그래, 어서 들어오너라."

방안으로 들어가자 처영 스님이 상석에 앉고 아래로 윤 객주가 앉아있고 젊은 유생이 한 명 앉아 있다가 한물이 들어서자 황급히 일어났다.

"아버님도 계셨습니까?"

한물이 처영에게 먼저 합장하고 윤 객주에게 인사하자 윤 객주가 미소로 답했다. 한물이 젊은 유생에게 반절했다.

"한물이라 합니다."

그러자 젊은 유생이 반절하며 말했다.

"허균이라 합니다. 말씀 많이 들었습니다. 한물장군!"

허균이 한물에게 덕담을 건넸다. 한물과 나이가 비슷해 보였다. 얼굴이 하얘서 유약한 서생 같았으나 병약해 보이지는 않았다. 그 눈빛이 기괴할 정도 번쩍거렸다.

"앉아라."

처영이 흐뭇한 표정으로 한물에게 말했다.

"이제는 너도 이 자리에 있을 자격이 되었다. 원래 그 자리는 네 아비의 자리였느니라."

윤 객주가 천정을 쳐다보았다. 한물은 아버지의 최후가 생각났다. '대동세상'이라 했었다. 입산하고 나서 처영 스님에게서 처음으로 '대방계'라는 이름을 들었다. 아비 한원영이 그 대방계의 수장이었다는 이야기도 들었다. 윤 객주도 대방계라는 것을 알았다. 한물이 한숨을 돌리자 차 한 잔 마실 시간이 지났다. 허균이 먼저 말문을 열었다. 아마도 한물이 오기를 기다린 듯 했다.

"홍산이 결국 거병하려 합니다. 어찌 생각하시는지요."

처영이 말했다.

"정수찬 때는 분명히 시기상조라 생각했는데 지금은 판단하기 어렵네."

처영의 입에서 수련의 친부인 정여립의 이름이 거론되자 한물이 깜짝 놀랐다. 처영은 기축년에도 시기상조라고 판단했다. 결국 대방계는 더욱 은밀하게 숨어들고 정여립과 노출된 대방계 일부만 희생되고 말았다. 도마뱀 꼬리를 자른다고 생각했었다. 그때도 허균은 분통을 터트렸었다. 싸워보지도 못하고 대방계의 수장이었던 정여립과 한원영이 스러진 것이었다.

"그래, 교산, 자네는 이번에 거병해야 한다는 것인가?"

윤 객주가 허균에게 물었다. 허균의 호가 교산인 모양이었다.

"나는 아직도 시기상조라고 생각하네."

윤 객주가 거푸 말했다.

"무엇이 시기상조란 말입니까? 홍산은 왕족입니다. 이씨 왕조의 적통이란 말이요. 지금 주상 이연을 따르는 민심은 없습니다. 오히려 광해 분조를 따르는 백성이 많소이다. 그리고 우리에게는 통제사가 있지 않소이까?"

한물은 충격에 머리를 쾅 맞은 듯했다. 아비 한원영이 죽을 때도 저 이름을 불렀다. '이연'은 한물의 원수가 아닌가? 아비와 어미를 죽인 원수. 그러나 그는 현재 이 땅 조선의 주상이었다. 함부로 이름을 불러서는 안 되는 이름이었다. 홍산이 누구인지는 한물도 윤 객주에게 들어서 알고 있었다. 홍산 사람 이몽학이었다. 검술의 달인으로 소문이 나 있었다. 한원영의 뒤를 잇는 조선 최고의 검객으로 소문이 났다. 호서 지방에서는 이몽학이 크게 민심을 얻고 있었다. 그런데 통제사라니 설마 그 통제사를 이야기하는 것인가? 정말 통제사도 대방계란 말인가? 한물은 잠시 혼미한 상태가 되었다.

"교산, 자네가 생각하는 민본(民本)은 무엇인가? 아직 백성은 준비가 안 되어 있네."

윤 객주가 다시 교산에게 되물었다. 허균이 윤 객주에게 대답했다.

"윤 객주 어른, 민본民本이라 하셨습니까? '백성이 나라의 근본이다.' 이런 말이지요."

허균이 잠시 말에 뜸을 들였다.

"백성이 나라의 근본이지만 나라를 뒤집지는 못하지요."

윤 객주가 되물었다.

"그럼 누가 나라를 뒤집는단 말인가? 홍산이 뒤집는단 말인가?"

허균이 대답했다.

"백성이 아니라 대방계가 뒤집습니다."

잠시 무거운 침묵이 흘렀다. 처영이 조용히 말했다.

"대방계가 거병한다고 하여 백성들이 전부 나서지는 않네."

허균이 한물을 쳐다보며 말했다.

"처영 스님, 기축년에도 평안도의 대방계는 무사했습니다. 호서는 홍산이 일어나면 금방 홍주성을 점령하고 남을 것입니다. 그때 통제사가 서해를 돌아 한양으로 진격하면 됩니다. 통제사가 방을 붙이면 삼남은 전부 통제사를 따를 것입니다. 지금이 절호의 기회올시다. 조선은 끝이 났소이다. 백성들이 어찌 자진하여 왜적의 향도가 되는지 잘 알고 있지 않습니까? 백성들은 영웅을 기다리고 있소이다."

허균이 말을 마치고 한물을 유심히 쳐다보았다. 그 눈에서 불꽃이 일었다. 한물의 가슴에서 뜨거운 불덩이가 꿈틀거렸다.

'세상을 뒤집는다? 세상을!'

"통제사가 어찌 생각할까?"

윤 객주가 말꼬리를 흐렸다. 한물은 그 이후 무슨 이야기를 하는지 마음에 들어오지 않았다. 오직 '세상을 뒤집자.'는 생각이 가득 들어찼을 뿐이다. 그렇게 대방계 회합은 결론을 내지 못하고 흩어졌다. 허균이 급히 좌수영으로 내려갔다.

그해 칠월에 홍산에서 이몽학이 거병했다. 그러나 대방계는 움직이지 않았다. 오직 이몽학을 따르는 호서 대방계만 움직였다. 그러나 민심은 급속하게 이몽학에게 기울었다. 특히 노비들이 앞장섰다. 관아의 노비문서가 불탔고 감옥을 깨서 죄인을 석방했다. 호서 일대가 거의 이몽학에게 떨어졌다. 조정은 크게 흔들거렸다. 왜군과 대치하던 관군이 진압군이 되어 호서로 향했다. 그러나 끝내 통제사는 움직이지 않았다. 이몽학은 홍주성 점령을 앞두고 배신자에게 수급이 떨어졌고 그 와중에 김덕령이 장살되고 말았다. 의병장은 옥에 갇히고 산으로 숨어들었다. 곽재우도 산으로 들어가 나오지 않았다. 의병들은 매 맞고 관군으로 강제로 편입되었다. 백성들은 '이놈의 세상 망해버려라.'고 한탄을 했다.

*

정유년 정월에 십사만여 왜군들이 다시 조선으로 쳐들어 왔다. 왜군들이 경상도 남해안을 침략하였고 조만간 호남을 점령하여 식량을 비축한 뒤 한양으로 진군해 갈 것이라고 했다. 민심이 흉흉하고 세상이 어지러운 중에 수련의 배가 산만큼 불러왔다. 만삭이 다가오고 있었다.

"아따, 아쉽네. 내 활 솜씨를 보여줘야 하는디."

수련이 한물을 보며 입맛을 쩝쩝 다시면서 말했다.

"아따, 임산부가 할 소리여? 애기한테 안 좋아."

한물이 정색을 하며 대답했다. 한물이 수련의 배를 살살 쓸었다. 발길질하는 작은 요동이 한물의 손에 전해졌다. 한물이 수련의 배에 얼굴을 대 보았다. 아이의 발길길이 그대로 뺨에 전해졌다. 수련의 숨소리가 가빠졌다. 수련의 누렇게 뜬 얼굴이 거칠고 부석거렸다. 난리 통이라 산모도 아기도 힘든 나날이었다. 수련이 잔뜩 부풀은 배를 쓸면서 한물과 같이 싸움에 나서지 못하는 것을 아쉬워했다. 왜놈의 목을 칼로 쳐야한다고 너스레를 떨었다. 사실 수련의 활 쏘는 실력이 초희에 못지않았고 한물에게서 부지런히 배운 본국검도 사내 못지않았다. 능히 한 몫의 의병 역할을 할 만 했다.

"아들 이름은 뭐로 지었는가?"

한물이 빙글거리며 물었다. 수련이 혀를 삐죽거리며 대꾸했다.

"아들인지 딸인지 어찌게 안당가? 나는 딸을 날라네. 내맘이여."

"그라믄 딸 이름은 뭐라고 지었는가?"

"고것은 비밀이여. 자식 자랑하믄 삼신 할매가 해코지한다고 안 합디여?"

수련이 실실 웃으면서 대답했다. 한물이 수련의 거칠어진 얼굴을 어루만졌다. 수련이 남사스럽다고 손을 휘휘 저었다. 한물이 수련의 발을 잡아당겨 다리를 주무르기 시작했다. 발이 퉁퉁 부어있었다. 한물이 무릎이며 거친 발바닥이며 어깨며 조물조물 주무르기 시작했다.

"아이고, 시원하다. 아이고, 그래도 서방이 최고네."

수련이 아이고 소리를 연발했다.

"이 놈이 언제 나올라나 모르겠네?"

한물이 걱정스러운 말투로 말했다. 수련의 출산 예정일은 아직도 한 달 정도 남아있었다. 추석 무렵에 아이가 나오게 되어있었다. 그런데 벌써 왜군이 경상도를 거의 점령하고 전라도 침공을 준비하고 있었다. 어제 교룡산성에 도달한 전령에 따르면 칠천량에서 조선 수군이 전멸했다고 한다. 이제는 이순신 장군도 없고 수군도 없으니 믿을 곳은 호남밖에 없었다. 왜군은 필시 지리산을 넘어 남원으로 몰려올 것이었다.

수련은 산달을 한 달 앞두고 운봉 심 도가로 들어왔다. 한물이 지게에 이불을 깔고 수련을 실어 운봉으로 넘어왔다. 그 와중에도 수련은 서방 등에 업혀오는 것이 뭐가 좋은지 좋알댔다. 한물은 '참 속 없는 아낙이네.' 타박을 했다. 수련은 전에 자신이 쓰던 방에 자리를 잡았다. 심재호가 쌍수를 들어 환영하고 만수 오라비가 군불을 때주고 둘째를 낳은 점순도 산모를 위해 미역국을 끓이기 시작했다. 윤 객주가 보내준 염장한 생선이며 미역 한 축 보리쌀 한 말을 부려놓았다. 난리 통에 이나마 다행이다 싶었다.

아기가 또 다시 툭툭 배를 차기 시작했다. 수련은 이 느낌이 나쁘지 않았다.

"우리 딸이 효녀여서 언능 나올 거여. 걱정 마소"

수련이 천하태평으로 대답했다. 한물이 한숨을 폭 내쉬었다. 사실 한물은 걱정이 태산이었다. 남원 의병대장 한물이 아닌가? 그렇다고 이제 곧 세상에 나올 자식을 외면할 수도 없고 수련도 한물의 그런 고민을 모르는 바 아니었다. 어떤 때는 '하필이면 이때 들어서서' 라는 생각을 했다가도 '어이쿠 천벌을 받을 소리' 하고 배를 쓸었다. 수련은 처음 생각으로는 '아이가 빨리 나오면 몸조리를 빨리 마치고 한물과 같이 싸우리라' 고 마음을 다지기도 했다. 그러나 아이가 커갈수록 배가 불러올수록 몸이 뒤뚱거리고 숨이 가빠올수록 아이의 태동이 커갈수록 '아이를 살려야 하는 것이 어미의 도리가 아닌가?' 하는 생각이 문득문득 들고 그 생각이 깊어만 갔다. 어느 날은 '서방을 살려야지.' 했다가 '아니지, 자식을 살려야지' 했다가 '아니지, 뭔 소리여? 둘 다 살려야지.' 로 마음을 굳히게 되었다.

10장

출산 出産

왜군이 이미 구례를 점령했고 지리산에서 토끼몰이를 한다는 소문이 운봉 장에서 구룡계곡까지 넘어왔다. 운봉사람들은 덕유산으로 도망가거나 지리산 깊은 골짝으로 피난을 갔다. 개중에 일부는 오히려 남원성이 살길이라고 보퉁이를 이고지고 성으로 들어갔다. 한물이 말을 달려 심도가로 당도했다.

"지리산이 살 길이람서 어째 당신은 살 길을 놔두고 혼자만 죽을 길로 갈라고 허요? 같이 살아야지 될 거 아니요?"

수련의 말꼬리가 올라갔다. 한물은 하릴없이 방바닥만 쳐다보았다. 수련의 해산이 임박했다. 가끔씩 양수가 하초에 질금 비쳐 속곳을 갈아입기도 했다. 아이는 효자는 아닌 모양이었다. 왜군이 지리산을 넘어온다고 하는데도 서둘러 나오지 않았다. 그렇다고 억지로 나오게 할 방법도 없었다. '왜군이 지리산을 넘고 있다.'고 전하고 한물은 심재호에게 전부 지리산 속으로 급히 피난가기를 권했다. 수련은 예상했던 말이기는 했지만 역정이 치밀어 올랐다. 수련이 입을 앙다물고 말을 이었다. 수련의 말이 절로 배배꼬였다.

"그라믄 우리도 성으로 갈라요. 지리산에 들어가도 왜놈들한테 안 들킨다는 보장이 없고 인자 겨울이 오면 지리산 골짝에서 뭐 먹고 살 것이며. 설사 잠시 몸을 피해 목숨을 구걸했다 한들 왜놈들 시상이 되면 죽어지기는 매한가지 아니요?"

수련이 옹골차게 말을 뱉었다. 한물이 머리를 떨군 채 대답했다.

"왜군하고 싸워 성을 지킬지는 나도 모르것네. 백성 된 도리로 당연히 싸워야 할 뿐이제."

수련이 소리를 빽 질렀다.

"도리는 뭔 도리, 백성 된 도리는 뭔 얼어 죽을 놈의 도리요?"

수련이 도끼눈으로 쏘아댔다.

"아비를 지키고 처자식를 지키는 것이 도리지? 또 다른 뭔 도리가 있간디? 조 뭐시기 의병대장도 벌써 늙은 어매 들쳐 업고 지리산으로 들어갔답디다. 당신이 남원부사나 돼요? 아니면 전라병사라도 돼요? 뭔 놈의 도리라요? 그놈의 도리는 잘난 양반님들이나 하라고 하소."

마음에 없는 말이 절로 터져 나왔다. 아니 어찌 보면 수련이 늘 마음에 품고 있는 생각인지도 모른다. 부모를 죽인 원수가 이 땅의 주상이라고 행세하고 있었다. 문득 문득 '에라, 이 세상 콱 망해버려라.' 라고 생각하기도 했었다. '한물이 남원성에서 목숨을 걸고 왜군과 싸워 이긴들 뭔 소용이 있나?' 생각이 들었다. 수련은 분한 마음에 눈물이 절로 비쳤다.

"나는 반드시 살아서 돌아올 것이여. 잠시 소나기를 피하고 있소. 왜놈들을 물리치고 지리산으로 찾아갈라네."

무심하게 찻잔을 수련에게 넘기고 한물이 돌아서서 교룡산성으로 돌아갔다. 수련은 생각했다.

'이렇게 허망하게 헤어질 수는 없다.'

'이 찻잔이 어떤 것인데 이렇게 남겨두고 간단 말인가?'

'혼자 죽게 내버려 둘 수는 없다'

'차라리 같이 죽자.'

한물의 무정한 뒷모습을 한참이나 허망하게 쳐다보고 있던 수련이 갑자기 허둥거렸다. 수련이 느닷없이 심재호에게 하직인사를 했다. 수련이 머리를 땅에 박고 통곡했다. 불효라는 생각이 들었다. 지금까지 심재호가 친딸도 아닌 수련을 어떻게 키워왔던가?

"죽어도 아버지가 키워주신 은혜를 잊지 않겠습니다."

수련의 고집을 알고 있는 심재호는 더 이상 막지 못했다. 수련이 옷가지 몇 개를 챙겨 배를 뒤뚱거리면서 집을 나섰다. 만수가 재호와 이야기를 했다. 큰 아들 대평이와 아비 재호는 애초에 점찍어 놓은 지리산 속으로 가기로 하고 만수가 지게를 들고 수련의 뒤를 쫓았다. 만수 오라비가 보다 못해 지게에 수련을 올렸다. 어쩐 일인지 점순은 시아버지 재호 편에 큰아들 짐만 꾸려 지리산으로 보내고 이제 갓 백일 지난 둘째를 들쳐 업고 멀찌감치 만수 뒤를 따랐다. 그렇게 세 명은 앞서거니 뒤서거니 하면서 남원성으로 들어와 옹기를 대 주던 주막거리 옹기장수 집으로 왔다.

정유년 팔월 열하루 신시, 남원성

동틀 무렵에 교룡산성 쪽에서 생전 들도 보도 못한 총소리가 요란하게 울렸다. 잠자고 있던 사람들이 전부 다 깨어났다. 사람들은 놀라서 이리 뛰고 저리 뛰고 허둥거렸다. 어떤 이는 삼태기를 뒤집어쓰고 땅바닥에 코를 처박기도 했다. 어떤 이가 왜군의 조총 소리라고 아는 체를 했다. '벌써 왜군이 남원성을 쳐들어 왔다.'고 울고불고 난리가 났다.

　사람들은 잔뜩 웅크리고 숨죽여서 교룡산성 쪽의 소리에 귀를 기울였다. 왜군의 조총소리는 한 다경 정도 계속되었다. 용천사 북소리가 둥둥 계속 울렸고 돌 구르는 소리도 들리고 다급한 말울음 소리까지도 생생하게 들렸다. 조총소리가 잦아들고 나서는 바람결에 개를 그을리는 냄새가 실려 왔다. 냄새가 사람들의 놀란 가슴과 주린 배를 헤집고 지나갔다. 어떤 이가 아는 체를 했다.

　"시체 태우는 냄새여. 시체 태우는 냄새랑께!"

　"쌈이 끝났는가 보네. 누가 이겼을까?"

　순간 수련은 가슴이 덜컹했다. 그제 이별한 한물이 교룡산성에 있기 때문이었다. 한물은 처영 스님이 이끄는 의승군과 같이 교룡산성에 남아 있었다. 수련은 속으로 '관세음보살님, 서방님을 보살펴주소.'하고 치성을 드렸다. 지금 수련이 할 수 있는 것은 그것 밖에 없었다. 그러다가 까무룩 잠이 들었다. 잠이 깨보니 수련 곁에 만수가 앉아 있었다. 한물이 교룡산성 싸움에서 이겨 남원성으로 오고 있다는 소식을 전했다.

　수련은 깊은 한숨을 내쉬었다. 양수가 또 조금 터진 모양이었다. 속곳이 축축했다. 이제는 심한 통증이 아랫배에 몰려오기 시작했다. 통증의 주기가 점점 짧아지기 시작했다.

통증이 시작되면 저절로 신음소리가 비어져 나왔다. 그때마다 수련은 이를 앙다물어야했다. 그 와중에도 수련은 한물을 만날 생각에 기분이 좋아졌다. 한물이 금방 이리로 달려올 것이었다. 한물이 뭐라 해도 수련은 상관없었다. 얼굴만 한 번 더 볼 수 있다면 그것으로 충분했다. 한물이 교룡산성에서 큰 승리를 거두고 남원성으로 개선했다지 않은가? 수련은 순간 '어쩌면 한물이 이번 싸움에서도 승리할 것 같다.'는 희망이 생기기 시작했다.

동헌 쪽에서 함성이 터지고 꽹과리 소리가 나고 노래 소리도 나고 가끔씩 '처영장군 만세!' '한물장군 만세!' 외치는 소리도 들렸다. 옹기장수 최씨 방에는 이미 저물어가는 햇발이 비스듬히 들기 시작했다. 만수 오라비도 점순이도 아이를 들쳐 업고 한물을 보러 나갔다. '보고 싶다.' 는 생각을 하고 있을 때 문밖으로 허둥거리는 발소리가 들렸다. 점순이 먼저 뛰어 들어왔다. 점순의 얼굴이 환했다. 뒤이어 한물이 방으로 들어왔다.

수련의 눈이 뿌옇게 흐려졌다. 한물이 수련을 보듬어 안았다. 한물의 몸에서 아스라한 피 냄새가 묻어나왔다. 수련이 울컥 헛구역질을 했다. 한물이 수련을 한참 들여다보다가 만수와 점순을 불러서 이야기했다. 내일은 왜군이 성을 둘러칠 것이니 오늘이 아니면 성을 빠져나가지 못한다고 말한 뒤 은근하고 간절하게 수련에게 말했다.

"지금 처영 스님을 따라 성을 나가소."

"나 혼자 사는 것은 싫소!"

수련이 눈물을 비쳤다. 그러나 수련의 마음은 이미 무너지기 시작했다. 일단 아이를 살리는 것이 무엇보다 급했다. 그리고 만수 오라비와 점순도 살려야 했다. 수련을 살리자고 번연히 죽을 곳인 줄 알면서도 남원성에 따라오지 않았던가? 수련은 큰 죄를 짓는 것이라는 생각이 들었다. 자기 생각만 할 수는 없는 노릇이었다. 지금이 어쩌면 마지막 기회였다. '잘하면 한물은 이번 싸움에서도 이길 수도 있다.' 이런 생각이 들자 수련은 마음이 급하게 움직였다. 그래도 한물이 교룡산성으로 갔으면 좋겠다는 생각이 들었다.

"나는 절대로 죽지 않을 것이네. 설사 성이 왜적에게 무너진다 해도 나는 살아서 나갈 거여."

한물이 간절하게 수련에게 말했다. 한물은 수련이 듣고 싶어 하는 말을 했다.

"자네가 성에 있으면 나도 죽고 자네도 죽네. 내 말이 뭔 말인지 알겠는가?"

수련의 표정이 변했다.

"당신 말은 성이 함락되면 혼자서라도 도망쳐 올 수 있는디, 내가 있으믄 나 땜시 둘 다 죽게 된다, 이 말이요?"

수련이 다짐하듯 말했다.

"옳지. 알아듣는구먼."

한물이 대답했다. 수련은 마음을 굳히자 몸을 빨리 움직였다. 하긴 벌써부터 아기가 나오려고 하는 중이었다.

'그렇지. 애기가 뭔 죄가 있간디, 살려야제.'

수련은 마음이 급해졌다.

"오라비 갑시다!"

"그랴, 잘 생각했다."

만수가 문밖에서 대답했다. 수련이 찻잔을 한물에게 다시 넘겼다. 한물이 아무 말 없이 받았다. 수련이 한물의 손을 잡고 말했다.

"언능 오소!"

"그랴!"

한물이 수련의 얼굴을 쓰다듬으면서 대답했다. 한물이 지게에 수련을 들어서 올렸다. 수련은 고개를 지게에 묻었다. 차마 한물을 볼 수가 없었다. 북문에 가자 처영 스님이 승군과 같이 기다리고 있었다. 북문이 열리고 처영 스님 일행이 교룡산성으로 걸어갔다. 해가 저물기 시작했다. 한물이 북문에 나와 한없이 지켜보고 있는 모습이 수련의 눈에 잡혔다. 수련이 그 모습을 한사코 눈에 새기기 시작했다. 교룡산에 도착하기도 전에 진통이 다시 시작되었다.

*

양수가 터진지 한참 되었지만 아이는 나오지 않았다. 교룡
산성으로 오는 길에 이미 양수가 줄줄 나오기 시작했고 서
둘러서 용천사 요사채에 해산방을 만들었다. 점순이 혼자 해
산을 거들었다. 만수는 방 밖에서 어쩔 줄을 몰라 했다. 만수
는 방에 급히 불을 때고 더운 물을 끓이기 시작했다. 그러나
자궁이 거의 열렸는데도 아이가 나오지 않았다. 수련의 신
음소리가 용천사에 가득했으나 아이는 쉽게 나오질 않았다.
산성에 보초를 서고 있는 스님의 귀에도 여인의 산고소리가
들렸다. 스님들이 근심어린 표정으로 합장했다.

점순의 허둥거리는 얼굴이 수련의 눈앞에서 보였다 사라
졌다 했다. 허리는 끊어질 듯이 아팠고 손발에 힘이 없어졌
다. '힘줘!' '힘줘!' 하는 점순의 소리가 메아리처럼 멀리서 울
렸다. 몸이 구름 위에 뜬 듯이 흐물흐물했다. 문득 하초에서
피가 한 바가지 이상 울컥 쏟아졌다. 점순의 얼굴이 하얗게
변했다. 이러다 산모가 죽겠다는 생각이 점순의 머리에 스쳐
갔다. 수련의 얼굴이 새하얗게 변하고 입술에 핏기가 사라졌
다. 뺨에 푸른빛이 돌았다. 점순이 손가락을 깨물어 피를 수
련에게 먹였다. 수련이 의식을 놓아버렸다. 맥없이 수련의 고
개가 넘어갔다. 점순이 수련을 주무르기 시작했다. 점순의 눈

에 광채가 번득였다. 점순이 염불을 하기 시작했다.

'나무 관세음보살!'

'나무 관세음보살!'

점순의 염불이 깊어지고 덩달아 주무르는 속도도 빨라졌다.

수련은 꿈을 꾸기 시작했다. 스님이 보였다. 비구니 스님이었다. 파르라니 깎은 머리가 슬퍼보였다. 수월이라고 했다. '나는 수월이야.' 스님이 웃어보였다. 스님을 따라 갔다. 만복사 돌장승이 보였다. 어느덧 스님이 사라지고 수련의 뒤를 따라 탑돌이를 하는 여인의 모습이 보였다. 엄마였다. 미월이 수련을 불렀다. '이리와, 수련아!' 수련이 미월을 따라 갔다. '엄마!' '엄마!' 미월은 잡힐 듯 잡힐 듯 잡히지 않았다. 수련이 돌장승에 기대었다. 갑자기 돌장승이 수련을 번쩍 들어올렸다. 햇살이 수련에게 쏟아졌다. 수련이 어지러워 눈살을 찌푸렸다. 하늘에서 엄마의 얼굴이 보였다. 수련이 미월을 잡으려고 했다. 엄마의 얼굴이 점점 커졌다. 수련이 한 번 눈을 깜박거렸다. 점순의 얼굴이 보였다. 점순이 환한 얼굴로 말했다.

"나무 관세음보살!"

점순의 옆에는 만수가 눈물을 글썽이며 수련을 내려다보

았다.

"살았구나. 수련아, 딸이다!"

정유년 팔월 열이틀 진시, 교룡산성

수련의 눈에 이제야 비로소 천장이 보이기 시작했다. 다리를 움직여 보았다. 발이 움직이지 않았다. 허리 아래로는 아무런 감각이 없었다. 움직일 수가 없었다. 봉창이 훤한 걸 보니 이미 날이 밝은 모양이다. 수련이 만수를 보며 뭐라고 입술을 깔딱거렸다. 말이 입에서 나오지 않았다. 점순이 수련을 일으켜 앉혔다. 수련의 머리가 심하게 어지러웠다. 다리는 아무런 느낌이 없었다. 마치 잘려나간 듯 했다. 허전한 느낌이 골반에 전해졌다. 배는 홀쭉해졌고 휑했다. 손을 움직여 보았다. 다행히 손가락이 꿈틀거렸다. 손이 쭈글쭈글해져 버렸다. 그때 점순이 아이를 수련에게 안겨주었다. 수련이 아이를 겨우 받아 안았다. 얼굴은 붉고 아직 눈을 뜨지 못했다. 점순이 씻겼는지 핏기는 없었다. 얼굴은 아직 쭈글쭈글했다. 연신 입술을 쪼물거렸다. 그 얼굴에서 어쩐 연유인지 한물의 모습이 보였다. 수련은 눈물을 왈칵 쏟았다. '내가 엄마가 되었구나.'

"젖을 물릴라믄 많이 먹어야 써."

점순이 미역국을 한 대접 수련에게 내밀었다. 윤 객주가 남원성을 나올 때 만수에게 들려 보낸 귀한 미역이었다. 한 숟갈 수련에게 떠먹였다. 수련이 아이를 안은 채로 미역국을 받아먹었다. 뜨거운 국이 식도를 타고 위로 들어가자 수련의 맥이 다시 돌기 시작했다. 온몸에 식은땀이 줄줄 흘렀다. 그렇게 한 그릇의 미역국을 다 먹었다. 젖몸살을 시작한 모양인지 가슴이 뻐근해졌다.

수련은 남원성을 직접 보고 싶었으나 자리에서 일어설 수가 없었다. 오직 소리만이 들려올 뿐이었다. 멀리서 나무 타는 냄새가 교룡산까지 날아왔고 남원성에서 외치는 만세소리가 들려왔다. 함성소리와 북소리와 나발소리가 들려왔다. 수련은 꼼짝없이 누워서 그 소리를 듣기만 해야 했다. 이것은 대체 무슨 일 일까? 답답한 마음에 속이 바짝 말랐다.

만수 오라비가 '처영 스님이 여인골에서 왜군을 대파했다.'는 소식을 가져왔다. 수련의 입에서 절로 '관세음보살' 소리가 나왔다. 그러나 기쁨도 잠시였다. 그 날 밤에는 처음으로 왜군의 공격이 시작된 모양이었다. 왜군의 조총소리가 교룡산까지 메아리치며 돌아갔다. 조총이 날아와 수련의 가슴에 박히는 것 같았다. 왜군의 '욧시' 하는 함성이 또렷이 들렸다. 왜군의 갑옷 비늘이 철렁거리는 소리까지 들려왔다. 화약 냄새가 교룡산에까지 넘실거렸다.

수련은 귀를 막았다. 고개를 도리도리 저었다. 잠시 귀를 열어 들어보면 교룡산에서 법고 두드리는 소리, 남원성의 뿔나발 소리, 창이 부딪히는 소리, 조총 소리, 총포 소리가 들려왔다. 그 소리 속에 신음 소리, 비명 소리가 섞여 들려왔다. 한물이 외치는 소리가 들려왔다. '수련아!' 수련은 귀를 막고 이불을 뒤집어썼다. 시간이 너무나 더디게 흘러갔다. 수련은 딸 연홍의 숨소리만 들으려고 귀를 막았지만 한물이 수련을 부르는 소리가 귀청을 찢고 흘러들어왔다.

문이 벌컥 열리고 점순이 들어왔다. 수련이 귀를 열었다.

"이겼네. 서방님이 이겼어. 왜군이 물러났당께."

수련이 벌떡 일어나고 싶었지만 다리가 말을 듣지 않았다.

"그려? 어디까지 물러났어. 도망간 것이여?"

점순이 금세 시무룩한 표정으로 대답했다.

"아니, 그것은 아니여."

그래도 점순은 신이 난 표정으로 말했다.

"왜놈들도 별거 아니드라고."

왜군의 공격을 한번 방어한 모양이었다. 만수 오라비가 들어와서 기쁜 소식을 또 전했다. '관세음보살!' 수련은 속으로 안도했다. 그때 가관 스님이 일부러 처영 스님의 전갈을

가지고 방에 들어왔다. 가관 스님이 벙글벙글했다. 교룡산
성으로 남원성에서 보낸 비둘기가 날아왔는데 처영 스님이
'소식을 전하라.' 하여 왔다고 했다.

'의병이 왜군을 크게 무찔렀고 결사대는 전부 무사하다.'

가관 스님이 몸짓까지 해가며 전한 말이었다.

'아 한물은 무사하구나.'

수련은 일어나서 한물에게 달려가고 싶었다. 그러나 아직
도 꼼짝할 수 없었다. 그렇게 하루가 지나갔다.

까무룩 잠이 들었다가 눈을 떠보니 연홍이 수련의 젖을
물고 잠을 자고 있었다. 그래도 미역국 덕분인지 젖이 조금
은 나와서 초유를 연홍에게 먹일 수 있었다. 어떻게 그 조그
마한 아기가 꿀떡꿀떡 젖을 빨아 먹는지 수련은 신기하기만
했다. 연홍은 잠을 자다가도 한 번씩 어미의 젖을 빨았다. 그
때마다 수련은 자신의 기운이 전부 연홍에게 빨려가는 것을
느꼈다. 어떨 때는 잇몸으로 젖꼭지를 질겅거려 어미를 아프
게도 했다. 그러나 수련은 하나도 아프다는 생각이 들지 않
았다. 어미가 된다는 것이 이런 것이었다.

연홍이 어쩐 일인지 수련의 왼손 새끼손가락을 꼭 쥐고 있
었다. 살짝 그 조막만한 손을 빼보려고 했지만 어림없었다.
마치 손가락을 놓치면 죽기라도 하는 것처럼 필사적으로 어
미에게 매달리고 있었다. 수련은 눈물이 핑 돌았다. 이제 수

련은 혼자가 아니었다. 수련만을 바라보는 어린 생명이 생긴 것이다.

'내가 아니면 안 되는 구나. 그래 같이 살자.'

일단 자식부터 살리고 봐야겠다는 생각이 들었다. 내내 한물에 대한 죄책감과 미안함에 시달렸는데 수련은 마음을 다잡았다. 아마도 심재호는 벌써 지리산 골짝에서 수련을 기다리고 있을 것이었다. 수련은 독하게 마음을 먹어야 한다는 생각이 들었다. 수련은 아랫배에 힘을 모으기 시작했다. 또한 번 몽글몽글 하혈이 시작되었다. 그래도 수련은 다리에 힘을 주기 시작했다. 발가락이 꼼지락거렸다. 움찔하고 다리가 움직였다. 수련이 서서히 다리를 오므려 보았다. 서서히 무릎이 굽혀졌다.

수련이 점순을 불렀다. 점순이 방에 들어와 수련이 하혈한 것을 보고 깜짝 놀랐다. 수련은 점순에게 의지하면서 옷을 벗고 뜨거운 수건으로 몸을 닦기 시작했다. 하체에 기운이 돌기 시작했다. 서서히 하혈이 그쳤다. 깨끗한 승복으로 갈아입었다. 갑자기 오한이 온 몸에 일어났다. 온 몸의 뼈마디가 제 자리로 찾아오는지 욱신댔다. 자잘한 신음이 절로 나왔다. 점순이 가져온 미역국을 꾸역꾸역 먹기 시작했다. 식은땀을 한 바가지 흘리고 더운 물을 한잔 먹고 나니 몸이 따뜻해졌다. 수련이 만수 오라비를 불렀다. 만수가 자리를 털고 일어난 수련을 걱정스러운 낯빛으로 바라보았다.

"벌써 일어나도 되겠어?"

수련이 단호하게 말했다.

"괜찮아요. 오라비 내일 지리산으로 갑시다."

수련이 작심한 듯 말하자 만수 오라비의 표정이 밝아졌다.

11장

재회 再會

정유년 팔월 열나흘 미시, 남원성 서문

왜군이 진을 물렸다. 남원성에 저녁노을이 걸리기 시작했다. 여전히 성벽은 연기에 휩싸여 하늘이 가려졌다. 빗방울이 한두 방울 흩뿌려졌다. 이내 하늘이 컴컴해지더니 비가 쏟아지기 시작했다. 빗줄기가 이내 굵어졌다. 번개 불빛이 번쩍이는 빗속에 한물이 북문 북 일치의 성벽에 서 있었다. 그의 코 위로 물방울이 떨어졌다. 여인골에서 왜군에게 대승을 거두었고 남원성에서도 벌써 두 번이나 왜군의 공격을 막아냈다. 어쩌면 이길 것 같기도 했는데 지금은 또 어려운 싸움이라는 생각이 들었다. 한물은 수련을 생각했다.

'지금쯤 출산을 했을 텐데….'

수련의 총총한 눈망울이 떠올랐다. 수련은 한물을 기다리고 있을 것이다. 한물은 어떻게든 살아서 남원성을 나가야 한다고 생각했지만 이번 싸움에서 이기기가 쉽지 않다는 것을 직감했다. 윤 객주가 지유삼을 입고 북 일치로 왔다. 초희가 달려가서 윤 객주에게 안겼다. 윤 객주가 한물에게 한 통의 서찰을 전했다. 방금 교룡산성에서 날아온 전서구에 달려온 서찰 중의 하나였다. 한물의 손이 가늘게 떨렸다.

'딸이요. 연홍이라고 이름 지었소. 나는 괜찮으요.'

수련이 보낸 편지였다. 한물이 안도의 한숨을 내쉬었다. '딸이구나.' 한물 주변으로 둘러섰던 소석이 만세를 부르고 금아가 한물의 등을 두드렸다. 초희가 한물을 안아주고 백이가 덩실덩실 춤을 추었다. 한물이 효시를 한 대 교룡산성 쪽으로 쏘아 올렸다. '피-이-웅-' 화살은 소리를 내고 이백 보를 날아올라 하늘에서 '펑' 하고 터졌다. 수련이 보고 있을 것이다.

정유년 팔월 열나흘 미시, 교룡산성

저녁 노을이 지리산에 걸리기 시작하자 갑자기 비가 내리기 시작했다. 이내 빗발이 굵어졌다.

'피-리-링-'

화살이 긴 꼬리를 남기고 하늘로 올라왔다. 그리고 '펑' 하고 하늘에서 터졌다. 교룡산성 쪽으로 쏘아진 효시였다. 수련은 숨죽이며 다음 화살을 기다렸다. '피-리-링' 또 한발이 쏘아 올려졌다.

'펑' '피-리-링' '펑' '피-리-링' '펑' '피-리-링' '펑'

화살이 연속으로 쏘아졌다. 다섯 발이었다. 수련의 얼굴이 화등잔만큼 밝아졌다.

'다섯 발의 효시가 교룡산성으로 쏘아지면 내가 살아 있는 줄 아소.'

북문에서 한물이 수련을 보내면서 마지막으로 한 말이었다. '한물은 살아있구나.' '두 번째 전투에서도 한물이 이겼구나.' 수련은 이를 깨물었다. '살자.' '살아서 반드시 다시 만나자.' 수련은 속으로 다짐했다. 처영 스님은 지금이 교룡산성을 빠져나갈 적기라고 말하였다. 교룡산성으로 피난 왔던 사람들이 전부 교룡산성을 빠져나가기 시작했다. 갈 길은 교룡산 북쪽 능선이었다. 길이 험하기는 하지만 왜군이 포위하지 않은 유일한 퇴로였다. 수련은 승복으로 갈아입고 배와 엉덩이를 천으로 칭 칭 둘렀다. 겨우 하혈은 멈춘 것 같았다. 수련이 다리에 힘을 주고 겨우 일어났다. 지게에 이불을 깔고 수련이 연홍을 안고 올라탔다. 지유삼을 두르고 비를 그었다. 연홍은 수련의 품속에서 새근거리며 잠이 들었다.

심마니 황씨가 앞장을 섰다. 황씨에게는 늘 다니던 길이어서 달 없는 밤에도 훤한 길이었다. 만수가 앞장을 서 갔다. 만수는 이제야 사지를 벗어나는 것 같아 발걸음이 가벼웠다. 수련은 지게 위에서 처영 스님에게 합장하여 절했다. 처영은 '어서 가라.'고 손짓했다. 점순이 처영 스님에게 큰 절하고 둘째를 포대기로 들쳐 업고 보퉁이를 하나 이고서 종종걸음으로 따라왔다. 어두워지기 전에 교룡산을 내려가야 했다. 왜군의 매복이 있을지 모르니 가능하면 멀리 교룡산을 돌아 지리산 자락으로 돌아가야 했다.

정유년 팔월 열닷새 묘시 요천 부근

추석이 되었다. 새벽 동틀 무렵이 되어서야 수련은 교룡산을 벗어났다. 여전히 비가 내렸다. 만수는 힘든 기색 없이 묵묵히 걸어갔다. 가끔씩 연홍이 보채는 소리를 했다. 교룡산을 빠져나온 일행 중 반은 덕유산으로 방향을 잡아가고 심마니 황씨와 만수 일행은 지리산 쪽으로 방향을 틀었다. 해가 번지는 아침이 되어서야 심마니들이 쓰던 움집에 도착하였다. 이제 비도 얼추 그쳐가고 있었다. 만수는 잠깐 눈을 부치더니 황씨와 같이 지리산 가는 길목에 왜군이 없는지 확인하려고 먼저 길을 나섰다. 아무래도 아기들이 있어서 신경 쓰이는 모양이었다. 점순이 그런 만수를 걱정스럽게 쳐다보았다. 만수가 '걱정 말라.' 고 점순의 손을 한번 잡아주고 휙 길을 나섰다.

수련은 연홍에게 젖을 물렸지만 젖이 나오지 않았다. 먹은 것이 없어서인지 아니면 피를 많이 흘려서인지 젖이 나오지 않았다. 연홍이 어미의 말라버린 빈 젖을 빨다가 칭얼거렸다. 보다 못한 점순이 수련에게서 받아 연홍에게 젖을 물렸다. 점순은 먹은 것이 없어도 젖이 잘 나왔다. 연홍이 꿀떡꿀떡 점순의 젖을 먹었다. 수련은 씁쓸한 표정으로 연홍을 쳐다보았다. 지리산에 가야 먹을 것이 생길 판이었다. 수련은 그 사이에 까무룩 잠이 들었다. 웅성거리는 소리가 들려 수련이 잠에서 깨었다. 만수 오라비와 황씨가 이미 돌아와 있었다. 만수 오라비의 표정이 밝지 않았다. 수련이 뭔 일인지 만수에게 물었다. 만수가 마지못해 입을 뗐다.

"그놈이 거기를 지키고 있네."

"누구요?"

수련이 묻자 만수 대신 점순이 대답했다.

"그 놈 강대길이 말이여. 그 써글 놈이 왜군 앞잽이가 돼가

지고 왔당께.”

수련은 순간 망치로 맞은 듯이 휘청거렸다. 절로 미간이 찌푸려졌다.

‘이놈 강대길’

필시 한물에게 복수하겠다고 나선 것이 분명했다. 만수가 조심스럽게 지리산 초입과 요천에 만나는 곳까지 몰래 갔는데 놀랍게도 뺨에 칼자국이 선명한 강대길이 소리치는 것을 보았다. 강대길이 왜군들을 이끌고 남원성에서 도망쳐 나온 사람들을 살육하고 있었다. 거기에는 만수가 알고 있는 옹기 장수 최씨도 있었고 고 진사도 있었다. 노인이며 아낙이며 어린애며 할 것 없이 모두 목을 베고 코를 베어서 자루에 넣는 것을 지켜보아야 했다. 강대길이 사람들의 잘린 머리를 전부 자루에 담고 있었다. 강대길이 휘번덕 하는 얼굴로 만수가 숨어있는 숲속을 빤히 쳐다보았다. 만수는 잽싸게 바짝 엎드렸다. 만수의 등골이 서늘했다. 강대길도 코가 잘려지고 없었다. 마치 해골 같은 몰골이었다. 강대길은 왜군이 쓰는 고깔 모양 모자를 쓰고 파란색 완장을 차고 있었다. 강대길은 누군가를 찾고 있는 듯 시체를 하나씩 들쳐보았다. 유독 아낙네의 시체를 유심히 살폈다. 만수는 그 놈이 찾고 있는 아낙이 누구인지? 짐작이 갔다.

‘저런 쳐 죽일 놈’

만수는 오늘은 하루 움집에서 쉬고 밤길을 따라 하동 쪽으로 더 우회하기로 하고 돌아왔다. 비가 그쳤으니 추석 보름달이 밤길 가기에 어렵지 않을 것이었다.

　수련은 잠깐 자는 쪽잠에도 악몽에 시달렸다. 몇 번이나 가위에 눌렸다가 깨어났다. 그런 수련을 만수가 걱정스럽게 바라보았다. 강대길이 수련을 쫓아왔다. 수련은 산속을 헤매다가 결국은 강대길에게 잡히는 꿈을 꾸었다. 다시 잠이 들면 이번에는 강대길이 한물의 목을 치는 꿈을 꾸었다. 수련이 헛소리를 했다. 점순이 수련에게 찬물을 먹였다. 만수가 미숫가루를 물에 개어 주었지만 수련은 먹지 못했다. 미숫가루가 수련의 목을 넘어가지 못했다.

　수련은 멍한 표정으로 점순의 품에서 잠들어 있는 연홍을 바라보았다. 연홍이 점순의 품에서 편한 꿈을 꾸었다. 수련이 멍한 표정으로 연홍을 한참이나 바라보았다. 그러다가 수련이 갑자기 꾸역꾸역 미숫가루를 먹기 시작했다. 수련이 점순에게서 연홍을 빼앗듯이 받아서 젖을 물렸다. 다행히 수련에게서 젖이 조금씩 나왔다. 산속에 빠른 저녁이 찾아왔고 이내 밤이 들었다. 추석 달이 두둥실 떠올랐다. 달빛이 지리산 구석구석에 뿌려졌다. 만수는 다시 미숫가루를 물에 개어서 나눠 먹였다. 초경 쯤 되어서 만수가 길을 서둘렀다. 그러자 수련이 만수에게 말했다.

"오라비 나를 용서해 주소."

만수가 뜨악한 표정을 지었다. 벌써 눈치를 챈 듯 점순의 표정이 굳어졌다. 수련이 연홍을 점순에게 건넸다. 점순이 마지못해 연홍을 받았다.

"성님, 연홍이 좀 잘 키워주소."

점순이 화가 나서 말했다.

"이건 아니지. 새끼보다 중한 것이 뭐시당가?"

수련이 만수에게 말했다.

"오라비, 지금까지 내가 받은 은혜는 골백번 죽어서도 못 갚을 것이네."

수련이 만수에게 큰 절을 했다. 만수가 크게 화를 냈다.

"이것이 뭔 짓이여? 내가 니를 살릴라고 얼마나 애를 썼냐? 안 되어."

점순도 만수를 거들었다.

"그려, 한물 서방님도 원치 않을 일이여. 자식 버리는 에미가 어디 있당가?"

수련이 그런 만수와 점순을 빤히 쳐다보았다. 그렇게 한참 시간이 흘렀다. 수련이 말했다. 수련의 눈빛이 한없이 막막하고 차분해졌다.

"죽을라고 가는거 아니여."

만수의 눈빛이 흔들렸다.

"내가 가야 연홍이 아비가 사네. 내가 가서 도와야 한다니까."

점순이 고개를 절레절레 흔들었다.

"오라비 나 좀 보내주소. 연홍이 아부지 좀 살려주소."

"그렇게 외롭게 죽게 둘 수는 없네. 나라도 가서 같이 싸워야 되네."

수련이 이번에는 점순에게 큰 절을 했다.

"딸이라고 생각하고 잘 키워주소"

점순이 뭔 말을 하려다 말았다. 만수도 한참이나 할 말을 잊었다. 수련이 만수에게 가서 안겼다.

"오라비 미안허네."

수련이 만수의 품에 안겨서 한 참을 울었다. 만수가 수련을 살포시 안았다. 흐느끼는 수련의 등을 두드렸다. '나는 너를 살리고 싶다. 수련아.' 만수가 속으로 생각했다. 만수는 한 번도 수련을 이겨 본 적이 없었다. 아니 수련의 말은 언제나 다 들어줬다. 이번만큼은 수련의 뜻을 꺾고 싶었다. 그러나 이번에도 만수는 그러지 못했다.

"그래 가자. 교룡산까지 데려다주마."

만수는 다시 수련을 지게에 지고 교룡산 쪽으로 길을 되돌아갔다. 점순은 움집에서 기다리기로 했다. 점순이 수련에게 말했다.

"꼭 살아서 다시 만나세. 서방님하고 꼭 살아서 와야 쓰네."

수련이 연홍의 오물거리는 입에 새끼손가락을 댔다. 연홍이 조막만한 손으로 수련의 새끼손가락을 꼭 쥐었다.

'엄마, 가지 마소.'

연홍이 수련에게 말했다. 수련이 연홍의 손을 잡아 뺐다.

'아비하고 같이 올게.'

수련이 연홍에게 말했다. 수련이 연홍을 한참 들여다보다가 돌아섰다. 연홍은 점순의 품안에서 옹알이를 했다.

추석이었다. 달빛이 교룡산 자락을 훤히 비추고 있었다. 만수는 수련을 교룡산 자락까지 실어주고 한 마디 말도 없이 매몰차게 돌아서서 서둘러 점순에게 돌아갔다. 한 번도 뒤 돌아 보지 않았다. 만수는 수련이 야속했다.

'살리고 싶었는데. 어떻게든 살리고 싶었는데'

만수는 숨 죽여 울고 있었다. 수련은 그런 만수의 모습이 산 너머로 사라질 때까지 바라보았다.

'꼭 살아서 돌아갈게. 만수 오라비'

수련이 만수에게 말했다. 이제 수련은 한물에게 혼자 힘으로 돌아가야 했다. 수련의 마음이 갑자기 밝아졌다.

'한물을 만나러 가자.'

생각하니 갑자기 한물과 같이 무술 훈련하던 때로 돌아간 듯 했다. 수련의 다리에 절로 힘이 들어가자 수련의 발걸음이 가벼워졌다. 수련이 나는 듯이 발걸음을 재촉하기 시작했다. 삼경 무렵에 수련이 용천사에 돌아왔다. 처영은 돌아 온 수련을 보고 말없이 합장할 뿐이었다. 수련은 처영에게 '같이 싸우겠다.' 고 했다. '남원성에 가겠다.' 고 했다. 새벽 동이 틀 무렵 처영이 가관을 보내 수련의 머리를 깎아 주었다. 처영이 수련에게 비구니계를 주고 법명을 해월이라고 하였다.

정유년 팔월 열엿새 오시, 교룡산성

"스님 전서구입니다."

가관이 비둘기를 들고 들어왔다. 처영은 순간 불길한 예감이 들었다. 남원성의 대승을 알리는 전서구가 불과 한 시진 전에 도착했었다. 그 사이 뭔가 안 좋은 일이 생긴 것 같은 느낌이었다. 왜군은 불어난 요천에 허우적거리다가 남원성에서 공격 나온 관군과 명군의 기병에 의하여 큰 타격을 입었다. 처음으로 남원성의 포위가 풀어졌고 왜군은 멀찍이 후퇴했다. 전투를 승리로 이끌 절호의 기회가 온 것이었다. 처영은 그때 교룡산성의 의승군 부대가 치고 내려가 북문을 공격하던 시마즈 부대를 후방에서 공격했어야 했다는 자탄을 하고 있었다. 아까운 기회를 놓친 것이다. 처영은 승군 대장들을 불러 언제 남원성을 지원하러 쳐 내려 갈지를 의논하고 있는 중이었다.

'한물이 역적으로 몰려 옥에 갇혔습니다.'

윤 객주가 보내온 소식이었다. 처영의 눈섭이 꿈틀거렸다.

'드디어 왜군의 간자가 움직였구나.'

처영은 이것이 왜군 간자의 흉계임을 대번에 알아차렸다. 아직까지도 간자가 누구인지? 알아내지 못했다. 이는 필시 양원이 왜군과 내통하고 있다는 것을 말하는 것이기도 했다. 처영은 마지막 순간이 왔음을 직감했다. 안 좋은 소식이 연이어 들어오기 시작했다. 왜군이 남문 쪽에 병력을 집결시키기 시작했고 남문 쪽에 거대한 토성이 올라간다는 보고가 들어왔다. 처영의 얼굴이 굳어졌다. '토성이라.' 미처 예상하지 못한 것이었다. 운제가 남문 쪽에 집중되고 왜군의 총공세가 시작되었다. 처영이 모든 승군을 급히 홍예문으로 모으기 시작했다.

수련이 홍예문으로 달려갔다. 수련은 머리띠를 질끈 동여매었다. 승복을 바싹 조여서 입고 각반을 찼다. 약간의 하혈이 계속되었지만 어쩔 수 없었다. 말고삐를 잡고 잔등을 슬슬 쓰다듬었다. 말이 연신 '푸르릉' 거렸다. 수련이 말의 콧등을 가볍게 쓰다듬고 이마와 목덜미를 토닥거렸다. '워-워-워-' 소리를 낮추어 말을 달랬다. 동개에는 신기전과 유엽전을 담았다. 수노궁과 수노전은 걸망에 따로 담아 어깨에 둘렀다. 짧은 환도도 찼다. 이미 엄지손가락에는 암깍지를 끼웠고 양손은 삼베천으로 여러 번 칭칭 감았다. 실로 열 달 만에 다시 잡아보는 활과 칼이었다. 야릇한 홍분이 가슴속에서 치밀어 올랐다. 말 등에 가볍게 올라탔다. '워워' 하면서 말 목덜미를 토닥거렸다. 말고삐를 살짝 잡아 당겼다.

남원성의 상황이 어렵게 돌아갔다. 남문이 돌파되었고 양원은 도망갔다. 남원성 안에서 큰 폭발이 있었다. 더 이상 지체하고 있을 수는 없었다. 수련은 한물이 옥에 갇혔다는 소식을 듣자 한 순간 정신이 혼미해지는 것을 느꼈다. 한물의 생사를 알 수 없는 상황이었다. 목표는 향교산에 차려진 시마즈 부대의 본진을 치는 것이었다. 기병 일백이 먼저 향교산을 쳐서 점령하고 사수들이 향교산을 지킬 때 기병은 북문을 지원하기로 한 것이다. 수련의 가슴이 쿵쾅거리기 시작했다. '침착하자. 침착하자' 수련은 속으로 다짐했다. 사수들이 먼저 산을 내려가 막아두었던 바위를 치웠다. 진군 나발이 '뿌-뿌-' 하고 울렸다.

"가자!"

가관이 선두에 서서 말을 달리기 시작했다.

"공격!"

수련은 말 옆구리를 힘껏 찼다. '쯧-쯧-쯧-' 수련이 혀를 차듯이 소리를 내자 '히이힝' 말이 크게 한 번 울더니 뛰쳐나갔다. 말 달리는 소리가 교룡산에 메아리쳤다. 교룡산성에서 향교산은 지척이었다. 순식간에 향교산에 도달했다. 가관은 벌써 향교산 정상에 도달하여 왜군의 군막을 부수고 연신 도리깨로 왜군의 머리를 날리고 있었다. 왜군들은 이미 북문 쪽에 내려가 있었다. 불타고 있는 남원성이 보였다. 수련의 눈빛이 이글거리기 시작했다. 수련은 신기전을 한 대씩 왜군에게 날려 보냈다. 신기전은 주로 왜군의 기병을 겨누고 날아가 터졌다. 신기전이 전부 떨어지자 수련은 유엽전을 날렸다. 유엽전이 날아가 왜군의 가슴이 박히는 것이 보였다. 수련은 침착하게 유엽전을 날렸다. 그러면서도 수련은 남원성 북문을 노려보았다. 순간 한물이 북문 위에서 편전을 쏘는 모습이 수련의 눈에 들어왔다. 울컥 신물이 올라왔다. 수련은 꿀꺽 삼켰다.

향교산에서 포성이 올랐다. 가관이 북문 쪽으로 달려가는 것이 보였다. 수련도 가관의 뒤를 따랐다. 유엽전이 다 떨어져서 환도를 꺼내들고 왜군의 목을 쳐 나갔다. '가자 북문으로 가자' 수련의 팔에 힘이 들어갔다. 어느 덧 북문까지 도달했다. 이때 나팔 소리가 울리면서 북문이 열렸다. 북문에서도 이복남 장군이 지휘하는 기병이 시마즈 군에게 들이쳤다. 시마즈 부대는 성안과 밖에서 동시에 병력이 들이치자 대열이 무너져서 서문과 동문 쪽으로 흩어졌다. 수련은 잽싸게 북문으로 들어갔다.

남원성 안은 연기가 가득했다. 성안이 온통 불바다가 되고 있었다. 왜군들이 성안까지 들어와서 살육을 하고 있었다. 수련은 걸망에 챙겨 놓은 수노궁을 꺼내들었다. 가관이 활로를 뚫고 말머리를 돌려 북문으로 들어갔다. 이복남의 기마병도 돌아왔다. 뒤이어 의승군 사수 이백도 북문으로 들어왔다. 북문에서 일제히 시마즈 부대에게 화살을 날렸다. 북문이 다시 닫혔다. 그때 '와' 하는 함성 소리와 함께 성벽에서 성안의 왜군들을 향해 질려통에 불을 붙여 던져졌다. 질려통이 터졌다. 철편이 터지고 불이 붙었다. 왜군들이 성벽에서 던지는 질려통에 밀려 성 안쪽으로 들어왔다. 성안은 왜군이 불을 놓아서인지 시야가 가려졌다.

이복남 기병과 승군 기병이 그대로 성내의 왜군을 향해 돌진했다. 질려통에 놀라고 쫓긴 왜군이 우왕좌왕하는 틈에 기병이 왜군을 들이쳤다. 선두에서 이복남이 장창으로 헤집어 놓고 가관이 나란히 서서 도리깨로 왜군의 머리통을 박살내면 뒤 따라 오는 기병들이 왜군의 목을 쳤다. 조총을 조준하고 쏠 틈이 없었다. 기병들이 창으로 왜군을 찔러대면서 남문으로 밀어붙였다. 눈을 가린 말들이 무자비하게 넘어진 왜군을 밟아갔다.

기병들의 뒤를 따라 의승군 이백이 일제히 수노궁에서 수노전을 연사하기 시작했다. 수노전이 미처 방비를 하지 못한 왜군의 눈앞에서 발사되었다. 윤 객주가 대방 객관 바닥을 뜯어 감춰두었던 수노궁과 세총통을 꺼내 의승군과 의병들에게 나누어 주었다. 관병들도 수노궁으로 무장하고 성안으로 내려왔다. 성안은 연기로 가득했다. 조총을 쏘기에는 너무나 가시거리가 짧아졌다. 왜군은 이미 성을 점령했다고 안심하고 있다가 성내에서 많은 병사가 쏟아져 나와 사격을 하자 일제히 성문 쪽으로 도망갔다. 서문과 동문은 성루를 장악한 조선군이 질려통을 던지고 불길에 휩싸여 있어서 우르르 남문으로 도망가기 시작했다.

수련은 수노궁을 한 발씩 왜군의 몸통에 날렸다. 수련은 남문까지 짓쳐갔다 다시 돌아서서 북문까지 돌아왔다. 왜군을 말발굽으로 밟았다. 허둥대는 왜군을 칼로 찌르고 베었다. 왜군이 서문과 동문을 포기하고 도망가기 시작했다. 한물이 성벽을 따라 남문으로 달려가는 것이 수련의 눈에 잡혔다. 수련도 말에서 내려 남문으로 달려갔다.

한물이 통아에 편전을 재서 잽싸게 화살을 날리고 있었다. 한물의 화살이 투구가 번쩍이는 왜군의 장수를 찾아 연신 발사되었다. 수련도 남문 위에 도착했다. 쓰러진 병사의 활을 집어 들었다. 동개에서 편전을 활에 메겨 왜군에게 쏘기 시작했다. 왜군 본진에서 퇴각나팔이 울렸다. 왜군들이 서둘러 해자 너머로 후퇴했다. 후퇴하는 대열에서 수련이 강대길을 발견했다. 강대길은 후퇴하는 중에도 계속 성안을 두리번거렸다. 수련이 편전을 한 대 강대길에게 날렸지만 미치지 못했다. 수련이 씁쓸한 표정을 지었다.

왜군이 성안에서 밀려나가자 윤 객주의 지시를 받은 남정네들과 아낙네들이 나서서 서둘러 부서진 서문과 남문을 막기 시작했다. 집에서 가재도구를 들어내기 시작했다. 병사들은 성벽을 전부 탈환하고 경계를 섰다. 마야 부인이 치마를 벗어버리고 속바지 차림으로 동헌 내당에 있던 가재를 들어내서 성문을 막기 시작하자 객관에 웅크리고 있던 아녀자들이 모두 일어나 나섰다. 치마를 벗어버리고 속바지 차림으로 나서기도 하고 치마를 말아 올려 허리춤에 묶고 일을 거들었다.

남원성에 저녁노을이 찬연했다. 서문 성루가 붉게 물들기 시작했다. 남문 성루에 한물이 망연히 서있었다. 수련이 그런 한물을 찬찬히 뜯어보았다. 다행히 부상은 없어 보였다. 수련이 지척에 있었지만 한물은 수련을 알아보지 못했다. 한물이 백이에게 남문을 맡기고 북문으로 급히 움직였다. 수련도 급히 한물의 뒤를 따라갔다. 대방객관을 지나갈 때 수련이 한물 앞을 막아섰다. 한물이 지나가지 못하게 팔을 벌리고 이리저리 막아섰다. 한물이 어리둥절한 표정으로 수련을 바라보았다. 수련이 천천히 얼굴을 들어 한물을 올려다보았다. 순간 한물은 숨이 멎는 것처럼 깜짝 놀랐다. '헉!' 하는 소리가 한물의 입에서 절로 나왔다. 수련이 해맑게 웃었다. 드디어 한물을 만난 것이다.

12장

최후의 전투

정유년 팔월 열엿새 유시, 남원성

꿈인지 생시인지 한물은 실감할 수 없어 망연히 수련을 쳐다만 볼 뿐 할 말을 잊었다.

"어떻게?"

한물이 정신을 차리고 수련의 손을 잡았다.

"연홍이라 이름 지었소."

수련이 딴청을 피웠다. 벙글거렸다.

"나를 닮아가꼬 이쁘요."

수련이 하얀 이빨을 드러내 놓고 웃었다. 한물이 수련을 와락 보듬었다. 수련도 그런 한물을 힘껏 껴안았다.

"애썼네."

수련이 한물의 품 안에서 종알거렸다.

"젖은 물려 보았으니 괜찮하요. 만수 오라비가 잘 키울 것이요."

수련이 한물을 빤히 올려다보았다. 한물이 수련의 파르라니 깎은 머리를 내려다보았다.

"처영이 산성을 빠져나가라고 했는디."

수련이 말끝을 흐렸다. 고개를 숙였다. 한물이 은근하게 물었다.

"내가 돌아간다고 했는디."

한물의 말끝도 흐려졌다. 수련이 눈가에 그렁그렁 물빛을 보이면서 입가에 미소를 지으며 말했다.

"당신 생각이야 그라겠지만 나는 아요."

"결사대 형제들 놔두고 지 혼자만 살자고 도망쳐 나올 양반이 아니요. 당신은."

수련이 결국 눈물을 떨구었다. 한물이 수련을 꼭 안았다. 수련이 솜털보다 가벼웠다. 수련이 말했다.

"당신 얼굴 봤으니 인자 죽어도 나는 여한이 없소."

수련의 미소가 커졌다.

"언능 가 보소. 장군들이 안 기다리요. 나는 객관에 갈랑께."

수련이 한물의 잡은 손을 놓고 객관으로 들어갔다. 한물이 수련을 한 두 걸음 따라가다가 급히 북문으로 올라갔다.

　객관에는 사람들로 발 디딜 틈 없이 가득했다. 윤 객주가
사람들에게 이야기하고 있었다. 윤 객주가 객관 한 쪽에 승
복을 입고 웃고 있는 수련을 발견했다. 수련이 윤 객주에게
합장하여 인사하였다.

　"죽자고 하든 두려운 것이 없소이다."

　윤 객주가 말했다. 그 말끝에 노인과 아녀자들이 눈물을
보였다. 아이들이 덩달아 따라 울었다. 울음은 금방 전염되
었다. 울음소리가 커졌다. 객관에 모인 사람들이 전부 통곡
했다. 수련은 그 소리가 연홍의 울음소리처럼 들렸다. 그렇
게 한바탕 울고 나자, 사람들의 속이 시원해 졌다. 사람들에
게서 두려움이 조금 걷히는 듯했다. 윤 객주가 수련을 앞으
로 불렀다. 사람들의 시선이 일제히 수련에게 쏠렸다. 수련
이 걸어 나가 윤 객주 옆에 섰다. 수련이 머리띠를 벗고 사람
들에게 수노궁을 보여주면서 말했다.

　"금방 교룡산성에서 성을 지키려고 들어온 해월이요."

　사람들이 '누구지?' 하는 표정으로 수련을 쳐다보았다. 그
러자 수련을 알아본 사당패 모갑이 춘식이가 사람들에게 외
쳤다.

　"그라고 한물장군의 각시 수련이라네."

'와, 만세!' '한물장군 만세!'

그제야 사람들 사이에서 함성과 박수가 터져 나왔다. 사람들의 얼굴에 생기가 돌았다. '한물장군 각시여?' '옴메 그려? 어쩐지!' '그란디 어째서 중이 됐을까?' 웅성웅성했다. 수련이 수노궁을 높이 쳐들고 말했다.

"요거이 수노궁인디. 요걸로 오늘 왜놈 다섯 명을 죽였습니다."

'와!'

또 다시 사람들 사이에서 함성과 박수가 터져 나왔다.

"이 수노궁은 누구나 쏠 수 있응께."

"나한테 배와가꼬."

모든 아낙네들이 숨을 죽이고 수련의 다음 말을 기다렸다.

"남정네들하고 같이 성을 지킵시다."

"와!"

아이들이며 노인이며 아낙들이 전부 만세를 불렀다. 객관 한 모퉁이에 원방패를 여러 개 세워두고 이십 보 거리를 떨어지더니 수련이 수노궁 쏘는 시범을 보였다. 그러자 마야부인이 손을 번쩍 들더니 제일 먼저 나섰다. 사람들이 전부 마야부인이 활 쏘는 것을 지켜보았다. 첫 발은 손이 헛나가서 수노전이 과녁을 빗나갔다. '에이' 하는 탄식이 쏟아졌다. 다시 수노전을 재서 한 발 쏘았다. 명중이었다. '와' 사람들이 함성을 질렀다. 마야부인이 흡족한 표정으로 수노궁을 챙기고 수노전을 이십 발 챙겨서 동문으로 갔다.

다음에는 바우와 비연이 나섰다. 바우와 비연도 한 발씩 쏘았는데 단번에 명중이었다. 바우가 어깨를 으쓱으쓱해 보이자. 비연이 공중제비를 한번 훌쩍 넘었다. 수노궁을 들고 덩실거렸다. '와' 또 사람들이 박수를 쳤다. 그러자 너도나도 수노궁을 받으러 나섰다. 아낙들이 화살을 한발 쏘아보고 수노궁을 한 개씩 챙기더니 어린애를 데리고 성벽으로 갔다. 어떤 어린애는 어미의 손을 뿌리치더니 수노전을 한 대 '쏙' 뽑아들고 과녁을 향해 쏘아보았다. 명중이었다. 어린애가 웃는 표정을 지어보였다. 노인이 어린애의 머리를 쓰다듬었다.

객관에는 이제 젖먹이를 안은 아낙과 거동이 불편한 노인들만 남게 되었다. 수련이 독을 바른 수노전을 한 대씩 나누어 주었다. 비수처럼 품으라고 말했다. 무기창이 폭발하는 통에 성벽에는 남은 무기가 별로 없었다. 윤 객주가 살아남은 명군과 관병 그리고 의병과 의승군에게도 수노궁과 세총통을 골고루 나누었다. 노인과 아낙들이 성벽에 현렴과 탕약단지, 기름단지, 석회주머니를 급히 날랐다. 기와지붕도 모조리 헐어서 성벽 밑에 기와며 돌이며 무기가 될 만한 것은 모두 날랐다.

왜군이 다시 움직이기 시작했다. 우키타는 한물의 화살에 맞아 진중에 남고 고니시가 총대장으로 나섰다. 고니시의 진중에서 효시가 날아올랐다. 화살이 보름달에 걸려 불꽃을 날렸다. 일제히 나발이 울렸고 독전기가 휘날렸다. 왜군이 다시 사방에서 남원성을 에워싸고 좁혀왔다. 수련이 북문으로 달렸다. 북문 위로 불화살이 날아 들어왔다. 한물이 성루에서 북문을 지키고 있었다. 수련이 한물의 옆에 자리를 잡았다. 한물과 수련이 마주보고 웃었다. 손을 맞잡았다. 따뜻했다. 수련이 이를 악물었다.

싸움이 시작되었다. 왜군의 함성소리가 가까웠다. 수련이 성가퀴로 성 밖을 내려다보았다. 왜군이 사다리를 걸치고 있었다. 어쩐 일인지 수련은 차분한 마음이 되었다. 왜군의 함성소리도 조총소리도 들리지 않았다. 한물이 옆에 있으니 이상하리만치 마음이 고요하고 차분해졌다. 수련은 먼저 세총통을 철흠자로 집어 한 발씩 사다리를 오르는 왜군에게 발사하기 시작했다. 세총통이 왜군의 머리와 가슴을 뚫고 지나갔다. 피 냄새도 맡아지지 않았다. 한물이 사다리를 대나무 장대로 밀어 넘겼다. 한물은 얼마 남지 않은 편전으로 조총을 든 왜군만을 조준하여 화살을 날렸다. 얼마 못가서 수련의 세총통이 전부 떨어졌다. 이번에는 왜군의 머리를 향해 수노궁을 쏘았다.

"화살을 아껴라! 탕약을 쏟아라!"

한물이 소리쳤다. 노인들이 끓이고 있던 탕약을 단지에 담아 성벽으로 날렸다. 아낙들이 성벽을 오르는 사다리에 단지를 던졌다. 왜군들의 얼굴에 독즙이 쏟아졌다. 곧장 눈이 멀고 얼굴이 뭉그러졌다. 어린애들이 똥자루를 지고 와서 성 아래로 집어던졌다. 똥자루가 왜군의 얼굴에 쏟아졌다. 노인들이 펄펄 끓는 기름단지를 성벽으로 옮겼다. 병사들이 기름단지를 성 아래로 던졌다. 사다리를 오르던 왜군에게 기름이 쏟아지고 불이 붙었다. 성벽이 불바다가 되기 시작했다. 성벽이 연기로 휩싸이기 시작했다. 수련이 석회주머니를 왜군에게 던졌다. 석회주머니가 허공에서 터지더니 왜군의 얼굴로 쏟아졌다. 석회를 맞은 왜군이 눈을 뜨지 못하고 굴러 떨어졌다.

그때 남문에서 지뢰포가 한 개 '꽝' 터졌다. 지뢰포의 폭발에 번져 파진포 두 발이 일제히 폭발했다. 땅이 들썩거리고 땅이 두 자 정도 튀어 올랐다. 토성 한쪽이 한 장 이상 무너져 내렸다. 토성 위에 올라가 있던 조총부대가 우수수 떨어져 내렸다.

"지금이다. 사격하라."

윤 객주가 외치는 소리가 들렸다. 남문에서 일제히 편전과 유엽전이 날아갔다. 한 대 남은 화거에서 신기전이 토성으로 쏟아졌다. 노인들이 기름단지를 사다리로 던졌다. 남문이 온통 검은 연기와 불길에 휩싸였다. 남문에 붙었던 왜군들이 급히 후퇴했다. 방암봉에서 퇴각나발을 불었다. 왜군들이 성벽에서 일제히 퇴각하기 시작했다.

"화살을 아껴라. 쏘지 마라."

한물이 소리쳤다. 왜군이 서서히 퇴각했다. 또 이겼다.

기적 같은 승리였다. 아무도 왜군을 다시 성에서 쫓아내리라 예상하지 못했다. 이제는 다 죽었구나? 생각하는 순간에 기적이 일어난 것이었다. 명군도 없이 관군도 없이 이복남 장군도 이신방 장군도 없이 백성들만으로 싸워 이긴 것이다. 남원성 사람들은 승리가 실감나지 않았다. 내일이라도 전주에서 원군이 온다면 성을 지킬 것 같았다. 윤 객주가 그 와중에 왜군 총탄에 절명한 것은 큰 슬픔이었다. 한물이 남은 명군과 관군 의병들을 전부 동헌으로 불렀다.

수련은 객관으로 부상병 치료를 돕기 위해 내려왔다. 최의원과 소석이 부상자를 치료하고 있었다. 마야부인과 바우, 비연도 부상자들을 돕고 있었다. 바우는 얼굴을 칭칭 붕대로 감고 있었고 붕대는 피로 검게 변해있었다. 소석이 수련을 알아보고 손을 흔들었다. 수련이 소석에게 달려가서 덥석 안았다. 소석의 몸은 온통 피고름 냄새로 낭자했다. 초희가 옆구리에 창 맞은 금아를 보살피고 있었다. 수련이 금아를 뒤에서 살포시 껴안았다. 상처를 건드렸던지 금아가 가늘게 신음소리를 냈다. 초희는 수련의 손을 부여잡고 눈물을 글썽거렸다. 그 와중에도 연홍의 안부를 물었다. 수련이 초희의 얼굴을 쓰다듬으면서 미소를 지었다.

수련이 객관으로 들어오자 치료를 받기 위해 객관에 온 아낙이며 노인들이 수련에게 아는 체를 했다. 한 아낙이 수련에게 다가와서 살며시 수련의 손을 잡아보고 갔다. 부상자가 많았다. 약초는 부족하고 의원도 부족했다. 신음소리가 연신 터져 나왔다. 대부분이 조총에 맞은 상처였다. 부상으로 고통으로 누워있으면서도 어쩐 일인지 부상자들 사이에 밝은 기운이 넘쳐났다. 바우가 운을 띄우자 앞 다투어 말문이 터지기 시작했다.

"비연아. 이 언니가 오늘 왜놈들 잡는 거 봤지?"

비연이 바우의 얼굴을 감싸고서 입맞춤을 '쪽' 소리가 나게 했다. 사람들의 얼굴에서 미소가 번졌다.

"그놈들 꽁지 빠져라 도망치는 것 봤어."

"내가 수노궁으로 왜놈을 열 놈이나 잡았다. 이가야 봤지?"

"뭐시여, 열 놈? 이놈아, 나는 스무 놈 잡았다."

"뭐라고, 이 잡놈아, 니놈이 성벽에 대가리 처박고 오줌 지리고 있는 것을 내 눈으로 똑똑히 봤다."

"하 – 하 – 하"

웃음이 터졌다. 한 아낙이 아직도 벌벌 떨리는 목소리로
한마디 했다.

"나도 수노궁으로 왜놈 한 놈을 죽였네. 그놈 얼굴을 또렷
이 기억한당께."

아낙의 눈에 눈물이 그렁거렸다.

"애기 아부지 원수는 갚았네."

칠복이가 말했다.

"윤 객주가 말 안합디여? 죽자고 하믄 못 할 일이 없다 안
합디여."

"그려, 나도 인자는 죽어도 여한이 없네."

"아따 죽기는 누가 죽어. 우리가 이긴당께."

"그라제. 왜놈들 한 놈씩만 더 죽이면 우리가 이기겄드마."

"옴메 그라제. 간만에 입바른 소리하네."

"뭐여? 이놈아."

*

성벽에 주저앉은 병사들에게 주먹밥이 돌았다. 뜨거운 국
통이 돌아다녔다. 남원성에 들어와서 처음으로 맛보는 고깃
국이었다. 국통 안에 돼지고기 살점이 떠다녔다. 고깃국은

사자를 떠나보내는 제삿밥이 되고 있었다. 싸움에서 이겼지만 누구도 기뻐하지 못했다. 바우가 앞장서고 상여가 뒤를 따랐다. 상여는 성내를 한 바퀴 돌기 시작했다. 이복남과 윤 객주 그리고 김경호, 신호의 상여가 뒤따랐다. 이신방 장군의 상여도 만들어졌다. 살아남은 명군들이 상여의 뒤를 따랐다. 상여라 해봐야 거적에 싼 것이 전부였고 관도 준비하지 못했다. 동헌 뒤뜰에 임시로 무덤을 팠다. 왜군은 물러가더니 움직임이 없었다. 오늘밤은 더 이상 공격이 없는 모양이었다.

한물과 수련은 윤 객주의 상여 뒤를 따라갔다. 비연이 흔드는 요령소리가 처량했다. 바우가 상여소리를 선창했다.

"앞 - 산도 첩첩하고 밤중도 - 야심한데"

"이 세상을 하직하고 어딜 그리 급히 가오."

사람들이 상여소리를 메겼다.

"어허 야. 어허 여 -"

윤 객주의 상여가 지나갈 때 사람들의 통곡소리가 높아졌다.

"황천길이 멀다 해도. 쉬엄쉬엄 가옵소서."

"어허 야. 어허 여 -"

"간다 간다 나는 간다."

"어허 야. 어허 여 -"

바우의 상여소리는 유난히 구슬프고 아낙들의 통곡소리
도 이어졌다. 하관하고 땅을 다졌다. 남원성이 다시 무서운
침묵 속으로 돌아갔다. 윤 객주를 보내는 상여소리가 아직도
성벽을 타고 돌아다녔다. 그 소리는 성벽 돌 틈 사이에 웅크
리고 있다가 바람이 불 때마다 일어나서 귀곡소리를 냈다.

동헌 뒤뜰에 십여 기의 봉분이 들어섰다. 사람들이 새로
쓴 윤 객주의 무덤에 와서 절하고 돌아갔다. 가운데에 '명나
라 장수 이신방' 이라고 쓴 나무 신위가 땅에 비스듬히 꽂혀
있었다. 한물이 이신방의 무덤 앞에서 묵념을 했다. 봉분을
만들지 못했고 평장을 했다. 그래도 어디서 구했는지 향로에
향이 타고 있었다. 수련이 이신방에게 크게 두 번 절했다. 한
물에게서 이신방 장군과 시아비 한원영의 사연을 전해 듣고
수련은 이신방 장군에게 크게 감사했다. 한물의 귀에 이신방
의 음성이 맴돌았다.

'자네 부친은 조선의 큰 장수였네.' 어제 동문에 한물이 인
사를 하러 갔을 때 이신방이 한물을 쳐다보며 한 말이었다.
한물은 아버지 한원영의 얼굴을 기억해내려고 애를 썼다. 자
꾸만 아비의 얼굴이 가물거렸다. 결국 아비가 이신방의 목숨
을 구하고 그 업이 이어져 이신방이 한물을 구한 것이 아닌
가? 양원이 한물을 고니시에게 넘기려는 것을 막고 이신방
이 감옥에 명군 병사를 보내 양원이 보낸 병사들을 제지하

고 한물을 풀어주었다.

'한원영은 역적이 아니고 영웅이야.' 이신방에게서 아비 한원영의 이름이 나오자 한물은 평생 부인하고 살아왔던 아버지를 다시 찾은 것 같아 감격스러웠다. 그러나 이제는 이신방도 초라한 무덤에 주검으로 누워있다. 그를 따르던 명군도 대부분 전사했다. 한물이 남원성의 깜깜한 하늘을 쳐다보았다. 그나마 수련이 옆에 있다는 것이 꿈만 같았다.

그때 한 여인의 음성이 뒤에서 들렸다. 서툰 조선말이었다.

"한원영의 아들 한수인가?"

한물은 깜짝 놀랐다. 사람들은 전부 한물이라고만 알고 있지만 기실은 어렸을 때 이름은 물 수水자를 써서 한수였다. 누가 어릴 적 한물의 이름을 알고 있는 건가? 중년 여인이 싱글거리며 한물을 쳐다보았다. 명군 독전관督戰官 모운이었다. 전주에서 진우충 명군 유격장의 친서를 가지고 고니시의 사신이 서문을 통해 양원에게 들어올 때 같이 성에 들어온 신비로운 여인이었다. 여인이지만 붉은 색 화려한 전포를 입고 은빛 투구를 썼을 뿐만 아니라 활쏘기에 능하고 단도를 잘 썼다. 항상 성안에서도 말을 타고 다녔다. 나이를 알 수 없을 정도로 얼굴이 팽팽했다. 양원조차도 모운에게 굽실거릴 정도의 고관이었다. 황제의 은총을 받은 황제의 칙사라고 했다. 한물이 감옥에서 명군의 공격을 받고 위험한 처지에 처해있을 때 모운이 명군 여럿을 데리고 들어와 명군을 제압했었다. 그때 모운이 한말이 기억났다.

"누가 한물인가?"

그런데 모운이 어떻게 아비 한원영을 알고 있는 건가? 무슨 일인지 모운은 양원이 도망갈 때 같이 가지 않고 성에 남았고 이신방과 같이 동문에서 싸웠다. 어제 이신방에게 인사 갔을 때도 이신방 옆에 앉아 한물을 홀린 듯이 바라보던 것이 뚜렷이 기억났다. 한물이 두 손을 모아 인사했다.

"어떻게 저희 부친을 알고 계신지요?"

모운은 한물의 질문에 대답하지 않았다. 한물을 빤히 쳐다보기만 했다. 뭐라고 중얼거리기는 했지만 알아들을 수가 없었다. 모운의 눈빛이 번쩍거렸다. 모운이 한물의 손을 가만히 잡았다. 따뜻했다. 한참 그렇게 손을 잡고 있다가 모운이 돌아서서 동문으로 돌아갔다. 모운의 체취가 낯익었다. 한물의 마음에 모운의 잔상이 한동안 가시지 않았다.

13장 /

산비장이

남원부사 임현이 총 대장이 되어 동문에서 지휘하기로 했다. 얼마 남지 않은 명군들도 동문으로 배치되었다. 서문은 의승군 가관 스님이 지키고 남문은 금아가 대장을 맡았다. 초희와 백이는 남문으로 갔다. 북문은 소석과 한물이 지키고 있었다. 이제 객관에는 부상자를 치료하는 최 의원과 임산부와 노인, 어린아이들만 남았다. 누가 시키지도 않았는데 전부 성벽에 올라왔다. 성벽에 번을 세우고 사람들이 쪽잠을 자기 시작했다. 사람들은 그래도 희망을 버리지 않았다. 저기 고개를 넘어 전주에서 원군이 들이닥치기를 기원했다.

한물이 성벽에 기대어 앉았다. 수련이 한물 옆에 기대어 앉았다. 자잘한 신음소리가 절로 나왔다. 심한 복통이 몰려왔다. 이마가 절로 찡그려졌다. 수련이 미소지어보였다. 삭발한 머리가 어색했다. 한물이 북문에 걸린 초요기를 걷어와서 수련 어깨에 둘렀다. 수련이 한물의 품속으로 들어갔다. 얼마만인가? 너무나 아늑한 품속이었다. 따뜻했다. 수련이 고개를 한물 품에 깊이 넣었다. 졸음이 몰려왔다. 이러면 안 되는데 생각을 했지만 자꾸만 졸음이 쏟아졌다. 한물이 수련의 등을 토닥거렸다. 한물의 품에 들어가 성벽에 얼굴을 묻었다. 흙냄새가 느껴졌다. 한물의 체온이 수련에게 전해졌다. 살아있는 동안 어쩌면 마지막이 될 지도 모를 찰나의 시간이었다. 수련은 이대로 그냥 죽을 수만 있다면 차라리 편안하겠다는 생각을 하다 까무룩 잠이 들었다.

시나브로 먼동이 터오기 시작했다. 쪽잠에 빠진 수련은 비몽사몽 중에 친부모인 정여립과 미월을 만났다. 꿈속에서도 꿈인 줄 번연히 알았다. 눈을 뜨면 사라질 꿈인 줄 알기에 조금이라도 더 붙잡아 두고 싶어 차마 눈을 뜨지 않고 가만히 있었다. 연홍이 꿈에 나타났다. 만수의 등에 업혀서 수련을 보며 웃었다. 새까만 눈동자로 수련을 보고 웃었다. 미월을 닮은 눈동자였다. '연홍아' 하고 수련이 연홍을 불렀다. 그러자 연홍이 입술을 꼬물거리더니 '엄마' 하고 수련에게 말했다. 연홍이 수련의 엄지손가락을 꽉 잡았다. 수련의 눈가에 눈물이 고였다.

수련은 눈을 꼭 감은 채로 꿈 한 자락을 붙들었다. 한물이 연홍의 얼굴을 쓰다듬었다. 연홍이 '까르르' 웃었다. 연홍이 한물에게 손짓했다. '아버지' 하고 말했다. 연홍이 한물의 엄지손가락을 꽉 잡았다. 한물은 손에 꽃 한 송이를 들고 수련을 보며 빙긋 웃었다. 한물이 수련 손에 꽃을 쥐어주었다. 보라색 산비장이였다. 하늘에서 꽃비가 내리기 시작했다. 꽃송이들이 연홍에게 쏟아졌다. 갑자기 하늘이 밝아졌다.

꿈에서 깬 수련이 한기를 느껴 몸을 뒤척였다. 한물의 손길이 느껴졌다. 한물이 수련의 얼굴을 만지고 있었다. 눈을 떠보니 눈앞에 보랏빛 꽃송이가 활짝 피어있었다. 용케도 성벽 틈에 날아든 씨앗이 꽃을 피운 모양이었다. 한 번도 눈에 띄지 않았는데 산비장이 꽃 대궁 하나가 허리를 펴들고 있었다. 한물이 수련을 내려다보았다. 한물은 한숨도 잠을 자지 못한 눈치였다.

수련이 일어나 성 밖을 내려다보았다. 어느새 왜군들이 성을 둘러싸고 있었다. 수련은 다시 숨이 턱 막혔다. 가슴이 아팠다. 젖을 물리지 못한 젖가슴이 퉁퉁 불어 뭉쳤다. 먹은 것이 없는데도 불은 젖이 흘러내려 장삼을 적셨다. 속적삼이 가슴을 스칠 때마다 칼로 베인 듯이 쓰라렸다.

연홍은 지금쯤 어디까지 갔을까? 무사히 지리산 속으로 들어갔을까? 거기에도 산비장이가 곱게 피었을까? 미월이 갓난아기 수련을 지리산에 숨겼듯이 이제 수련이 갓난아기 연홍을 지리산에 숨겼다. 오직 그곳만이 신분에 귀천도 없고 탐욕의 전쟁도 없는 대동세상이 아니었던가. 수련은 한물 홀로 떠나보낼 수 없어 남원성으로 들어왔지만 연홍만큼은 지리산 품속에서 무사하기를 빌고 또 빌었다.

*

"대밭에는 대도 총총~"

"강강술래~"

"하날에는 별도 총총~"

"강강술래~"

"꽃밭에는 꽃이 총총~"

"강강술래~"

"하날에다 베틀 놓고~"

"강강술래~"

"총총 하날에 별도 밝다~"

"강강술래~"

전주에서 원군은 끝내 오지 않았다. 총소리가 잦아들었다.

강강술래 소리는 그치지 않고 계속되었다. 성벽에 나온 아낙들이 선창하고 객관의 노인들이 받았다. 이 노래마저 그치면 어찌 될까? 노래는 마지막 주문 같았다. 주문을 외우면 하늘에서 신장이 구름타고 내려와 왜군들을 불바다로 만들어주지는 않을까? 미륵부처가 내려와 반야용선에 백성들을 태우고 지리산으로 훌쩍 보내주지 않을까? 사람들은 기원하는지도 모른다. 수련도 강강술래를 따라 불렀다. 이제 쏠 총도 화살도 다 떨어졌다. 심지어는 던질 돌도 없어졌다.

한물이 환도를 뽑아들었다. 수련도 환도를 뽑아들었다. 이제 왜군이 몰려오기만을 기다리는 수밖에 없었다. 왜군의 조총소리만 간간히 들려왔다. 남문이 무너졌다. 동문도 무너졌다. 서문도 무너졌다. 소석이 객관에 있는 최 의원에게 달려갔다. 성벽과 객관에서 살아남은 사람들이 모두 북문으로 몰려왔다. 명군 독전관 모운이 북문으로 비틀거리면서 걸어왔다. 한물과 수련이 내려가서 모운을 부축해 북문루로 올라왔다. 모운은 이미 출혈이 심하여 간신히 서있을 정도였다. 온통 피투성이가 되었다. 모운을 북문루 바닥에 눕혔다. 모운이 얼굴에 희미한 웃음을 머금었다. 묘하게 행복한 표정이었다.

왜군들도 북문 성벽 공격하기를 포기하고 동문과 서문을 통해 북문으로 몰려왔다. 성안에 들어온 왜군이 민가를 뒤지려고 문을 열었다. 방문을 열고 들어선 순간 발아래에 수노전이 하나 나와 왜군의 발등을 찍었다. 아낙이 아기를 업고 왜군을 쳐다보았다. 눈에 공포가 가득했다. 또 한 번 발등을 찍었다. 아낙이 눈을 질끈 감았다. 아기를 안은 손에 힘이 들어갔다. 아기를 꼭 감싸 안았다. 왜군이 아낙과 아기를 동시에 칼로 벴다.

왜군이 성벽을 넘어 성가퀴에 발을 내려놓는 순간 수노전이 발등을 찍었다.

"아악!"

수노전이 발등을 뚫었다. 왜군이 아픔을 참으면서 노인의 머리를 벴다. 성벽에 바짝 웅크리고 있던 노인이 수노궁을 쏘았다. 왜군이 쓰러졌다. 다른 왜군이 노인의 목을 쳤다. 노인의 손에서 수노궁이 떨어졌다.

왜군이 동헌에 불을 놓았다. 동헌 뒤뜰에 쓴 무덤을 파헤쳐 이복남의 목을 쳤다. 이복남의 머리가 장대에 올려졌다. 왜군이 용성관에 불을 놓았다. 용성관 안에 숨어있던 아낙과 어린애가 불에 붙어 튀어나왔다. 왜군이 목을 쳤다. 어린애의 손에 수노전이 하나 들려있었다.

객관에 불을 지르려고 하자 안에서 노인들이 튀어나왔다. 손에 수노전을 하나씩 들고 있었다. 조총에 맞아 쓰러졌다. 왜군이 코를 베려고 다가오자 수노전이 왜군의 발등을 찍었다. 왜군들이 쓰러진 노인들에게 확인사살을 했다. 객관 천

장에 숨어있던 어린애가 뛰어 내려 왜군의 목을 수노전으로
찔렀다. 왜군이 쓰러졌다. 어린애는 할아비의 원수를 갚았
다. 어린애의 몸통이 베어졌다. 잠시 후에 객관이 다시 불길
에 휩싸였다. 한물의 눈에서 불꽃이 일어났다.

왜군들이 전부 북문으로 슬슬 몰려오기 시작했다. 이제는
북문 성루를 지키는 백여 명만이 남았을 뿐이다. 그때 수련
의 눈에 강대길이 잡혔다. 분명히 강대길이었다. 아직도 살
아있었던 것이다. '끈질긴 악연이구나.' 수련은 생각했다. 강
대길은 얼굴을 감은 천이 벗겨져서 코 없는 흉한 얼굴이 그
대로 드러났다. 강대길은 연신 누군가를 찾는 것 같았고 결
국 수련과 눈이 허공에서 마주쳤다. 강대길의 표정이 묘하게
일그러지는 것이 보였다. 이제는 북문 성루에 남은 사람이
전부였다.

수련이 한물 옆에 섰다. 수련이 마지막으로 한물의 손을
잡았다. 한물이 수련의 손을 놓지 않았다. 고니시가 한물을
발견하고 천천히 다가왔다. 왜군의 조총부대는 전부 무릎쏴
자세로 북문루를 겨누고 있었다. 강대길이 고니시에게 무어
라고 말하는 것이 보였다. 연신 땅에 머리를 조아렸다. 고니
시의 명령이 떨어지자마자 고니시의 부관과 시마즈의 부관
서너 명이 칼을 빼들고 나섰다. 수련이 칼을 슥 빼어들고 앞
으로 나섰다.

한물이 수련을 제지했다. 서로 맞잡은 수련과 한물의 손이 풀어졌다. 한물이 서너 걸음 앞으로 나와 칼을 뽑아들었다. 고니시의 부관이 먼저 달려왔다. 칼이 크게 머리를 겨누고 찔러왔다. 한물이 그 칼을 그대로 받아치고 제치면서 고니시 부관의 목을 베었다. 한물이 다시 칼을 모았다. 얼굴에는 칼날 같은 미소가 번졌다. 조총부대 한 부대가 한물을 겨눴다.

그때 북문 성루에서 세총통이 한발 쏘아졌다. 모운이 총을 쏜 것이었다. 왜군 조총수 한 명이 세총통에 맞아 쓰러졌다. 왜군 조총부대가 일제히 성루에 조총을 발사했다. 모운이 여러 발의 조총 탄환을 몸으로 받고 성루에서 떨어졌다. 시마즈가 한물에게 조총을 쏘려했지만 고니시가 제지했다. 이번에는 시마즈의 부관 하시모토가 앞으로 나섰다. 하시모토와 한물이 마주섰다. 하시모토가 먼저 움직였다. 그가 표창을 날렸다. 한물이 칼을 들어 얼굴로 날아오는 표창을 막기 위해 몸을 틀었다. 그 틈에 잽싸게 하시모토의 칼이 한물의 옆구리로 날아들었다. 한물이 표창을 막아내고 허공으로 한 바퀴 뛰어올랐다. 하시모토의 칼이 허공을 가르고 한물의 칼이 하시모토의 허리를 베었다.

조총부대가 한물을 겨냥하는 것을 수련이 보았다. 일제히 왜군의 조총이 한물에게 발사되었다. 그 순간 수련이 팔 벌려 한물을 막아섰다. 수련이 조총에 맞아 쓰러졌다. 한물이 수련을 안았다. 수련의 입에서 피가 흘러나왔다. 수련이 한물의 손을 잡았다. 따뜻하다고 느끼는 찰나 손에 힘이 풀렸다. 수련의 몸이 실타래처럼 풀어져 축 늘어졌다. 가관이 몸을 날려 한물 앞을 막아섰다. 가관의 쇠도리깨가 시마즈를 향해 날아갔다. 다시 왜군의 조총이 불을 뿜었다. 일제히 발사되었다. 한물이 조총 탄환에 맞아 쓰러졌다. 가관도 쓰러졌다. 한물은 수련을 감싸 안고 무수한 탄환을 맞았다. 이제 북문에 살아있는 조선군은 아무도 없었다.

시마즈가 달려 나와 한물의 몸을 난도질했다. 한물을 칼로 찌르고 또 찔렀다. 시마즈가 한물의 몸을 들추고 나서 수련을 난도질하려 할 때였다. 갑자기 시마즈가 뒤로 벌렁 넘어졌다. 시마즈의 등에 수노전이 박혔다. 강대길이 수노궁을 발사했다. 강대길이 무릎걸음으로 어기적어기적 수련에게 다가갔다. 수련은 한물의 품에 안겨있었다. 왜군이 다가가 강대길의 목을 날렸다. 강대길의 목이 땅 위에 굴렀다. 강대길의 눈이 이 수련을 쳐다보았다.

그때 북문에서 파진포가 터졌다. 북문이 무너져 내렸다. 성루에 숨어 있던 이산득이 질려통을 파진포에 던졌다. 두 번째 질려통에 파진포가 터졌다. 이산득은 북문과 함께 가루가 되어 사라졌다. 북문에 몰려있던 왜군이 크게 상했다. 고니시도 파편에 투구가 날아가고 머리가 깨졌다. 왜군들은 생

명이 붙은 자들의 목을 치고 망자의 코를 베어 통에 담기 시
작했다. 왜군들이 미쳐 날뛰는 동안 성안 여기저기서 왜군
부상병들의 울부짖음이 망자를 향한 귀곡성처럼 남원성 하
늘 높이 번져 나갔다.

정유년 칠월 열닷새

원균은 새로운 삼도수군통제사가 되어 왜군 수군과 접전을 벌였으나 칠천량 해전에서 대패하여 다수의 장병과 대부분의 전선을 잃었다.

정유년 팔월 열여드레

이순신이 회령포에서 전선 일십 척을 거두었고, 그 후 두 척을 더 회수하여 열두 척이 되었다.

정유년 팔월 열여드레

이순신은 선조에게 장계를 올렸다.

"지금 신에게는 아직도 전선 열두 척이 남아 있나이다. 죽을힘을 다하여 막아 싸운다면 능히 대적할 수 있사옵니다. 비록 전선의 수는 적지만 신이 죽지 않은 한 적은 감히 우리를 업신여기지 못할 것입니다."

정유년 구월 열닷새

이순신은 남해안 일대를 돌아다니며 흩어진 병사들을 모아 수군 재건에 전력을 다했다. 왜군 함대가 어란포에 들어온다는 보고를 받고 벽파진에서 해남의 우수영右水營 앞 바다인 임하도林下島로 진을 옮겼다.

통제사는 그때를 생각하고 있었다.

'그때 거병했어야 했던가?'

통제사는 후회하고 있었다.

'내가 너무나 많은 백성들을 외면했다. 그 숱한 목숨 값을 누가 치른단 말인가?'

통제사는 다시 생각했다.

'그때 거병했어야 했다.'

통제사에게 다시 극심한 편두통이 몰려왔다. 양귀비 가루를 물에 타서 입에 털어 넣었다. 통제사의 오래된 지병이었다. 고통이 너무나 심하여 어떤 때는 죽고 싶다는 생각이 들

기도 했다. 남원 최서진도 이제는 죽고 없다. 최 의원이 지어
준 약도 이제는 다 떨어지고 없다. 이 극심한 고통을 덜어 낼
길이 없다.

아들 회가 들어와서 통제사에게 고했다.

"객군 오십 명과 승군 일백 명이 우수영에 들어 왔습니다."

"어디서 왔느냐?"

"남원성에서 왔다 합니다."

"누가 보냈더냐?"

"교룡산성 별장 신호와 처영 스님이 보냈습니다."

"신호는 무사한가?"

"지난 달 보름에 절명하였습니다."

"처영은?"

"무사하나 부상이 심하다 들었습니다."

통제사는 한참동안 말이 없었다.

"그들이 또 나를 살리는구나."

통제사는 망연히 천장을 올려다보았다.

"답답하구나."

회에게 봉창을 열게 했다. 울돌목에서 불어온 짭조름한 바
닷바람이 봉창으로 들어왔다. 순간 이순신은 머리가 맑아지
는 것을 느꼈다.

"회야!"

"네, 아버님."

"수군을 모아라. 출전이다."

남원성 사람들

지리산에 핀 수련전

고형권 역사소설

초판인쇄, 발행일 2019년 9월 30일

지은이	고형권
발행인	박인애
디자인	여현미

발행처	구름바다
등록일	2017년 10월 31일
등록번호	제406-2017-000145호
주 소	파주시 노을빛로 109-1 301호
전 화	031-8070-5450, 010-4301-0736
팩스	031-5171-3229
전자우편	freeinae@icloud.com
인쇄	한영문화사

ⓒ고형권

ISBN　　979-11-962493-4-2(03810)

값 12,000원

「이 도서의 국립중앙도서관 출판예정도서목록(CIP)은 서지정보유통지원시스템 홈페이지
(http://seoji.nl.go.kr)와 국가자료공동목록시스템(http://www.nl.go.kr/kolisnet)에서 이용하
실 수 있습니다.(CIP제어번호: CIP2019037701)」